JN190616

人妻手記

奥さんたちのHな営業報告
～秘密の働き方改革

竹書房文庫

第一章

働く奥さんの快感日報

パート先の店長との魅惑のセクハラ関係の果てに遂に！…… 12
投稿者 石原さゆみ（仮名）／30歳／パート

会社のトイレで快感にむせび泣く欲求不満新婚妻！…… 19
投稿者 高柳環奈（仮名）／27歳／OL

憧れの同級生に夜這いエッチする私は淫乱ナース！…… 25
投稿者 石崎麻衣（仮名）／36歳／看護師

メイド姿で萌えセックスの快感に乱れ悶えて！…… 31
投稿者 須田ゆかり（仮名）／20歳／パート

パート初出勤の朝は痴漢の淫らな指に濡れて…… 38
投稿者 森内愛（仮名）／31歳／パート

料理教室を淫らに汚す悶絶課外授業エクスタシー……44
投稿者 滑川詩織（仮名）／38歳／料理研究家

謝罪出張転じて大満足の快感商談セックス！……51
投稿者 溝端はるか（仮名）／27歳／ＯＬ

ポスティング中の私を見舞った白昼の悦楽遊戯……59
投稿者 設楽友里恵（仮名）／30歳／ポスティング

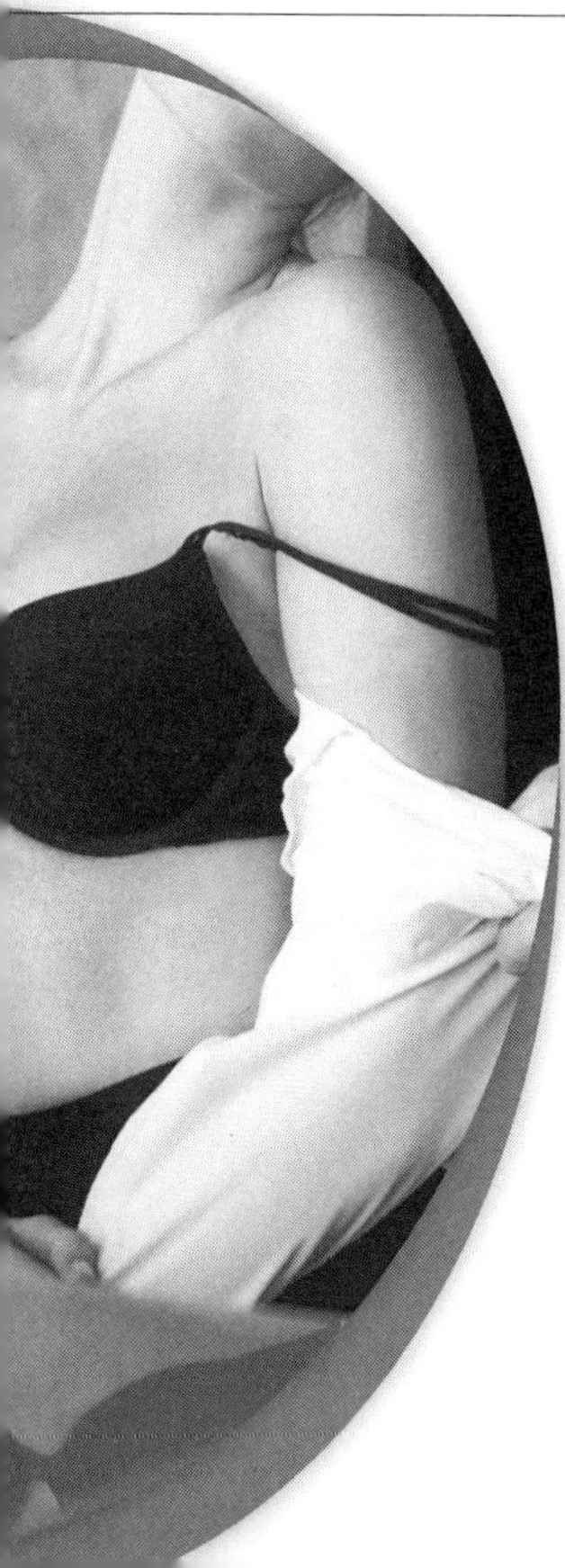

第二章 働く奥さんの淫乱日報

いきなり3P！　快感アクシデントに見舞われたあたし……66
投稿者　荒川静代（仮名）／29歳／パート

コンビニのガラスケース裏の密かな異常快楽に溺れて……74
投稿者　西岡真奈美（仮名）／32歳／自営業

保険契約の条件は世にも淫らな女同士の快楽交歓……80
投稿者　柳瀬ゆりか（仮名）／26歳／生保レディ

暗い夜道で私を襲った衝撃のレイプ・エクスタシー……86
投稿者　青木佳代（仮名）／33歳／OL

夫のすぐそばで魔性の元カレとの被虐Hに溺れて！……92
投稿者　栗林美憂（仮名）／28歳／OL

アルバイト学生の若い欲望のたぎりをぶつけられたあの日……99
投稿者 岬由香（仮名）／34歳／自営業

密かに想いを寄せていたお客男性とひとつになった夜……107
投稿者 熊沢明菜（仮名）／28歳／パート

水泳の個人授業で味わったかつてない巨根カイカン！……113
投稿者 代々木梨花（仮名）／24歳／スイミングインストラクター

第三章
働く奥さんの禁断日報

亡き夫の遺影の前でケダモノのように犯されて！ …… 120
投稿者 林美菜子（仮名）／29歳／OL

万引き現行犯の若い肉棒に奥の奥まで貫かれて！ …… 126
投稿者 湯川りんか（仮名）／34歳／万引き監視員

女四人の肉体が妖しくからみ合う温泉浴場快感 …… 133
投稿者 白坂まゆみ（仮名）／26歳／パート

白昼の自宅で実の兄との背徳の関係に溺れる私 …… 140
投稿者 吉野美久（仮名）／27歳／OL

小説の快感リアリティを実地で濃厚体感！ …… 145
投稿者 穴井ゆりか（仮名）／32歳／小説家

本好きの地味な私が本当の官能に目覚めたあの日 …… 152
投稿者 吉岡梨央（仮名）／24歳／図書館司書

文化祭で意気投合した彼との禁断の肉の交わり …… 158
投稿者 西川千賀子（仮名）／29歳／教師

大好きな店長を女二人で心ゆくまで責め立てて！ …… 164
投稿者 鮫島彩子（仮名）／26歳／パート

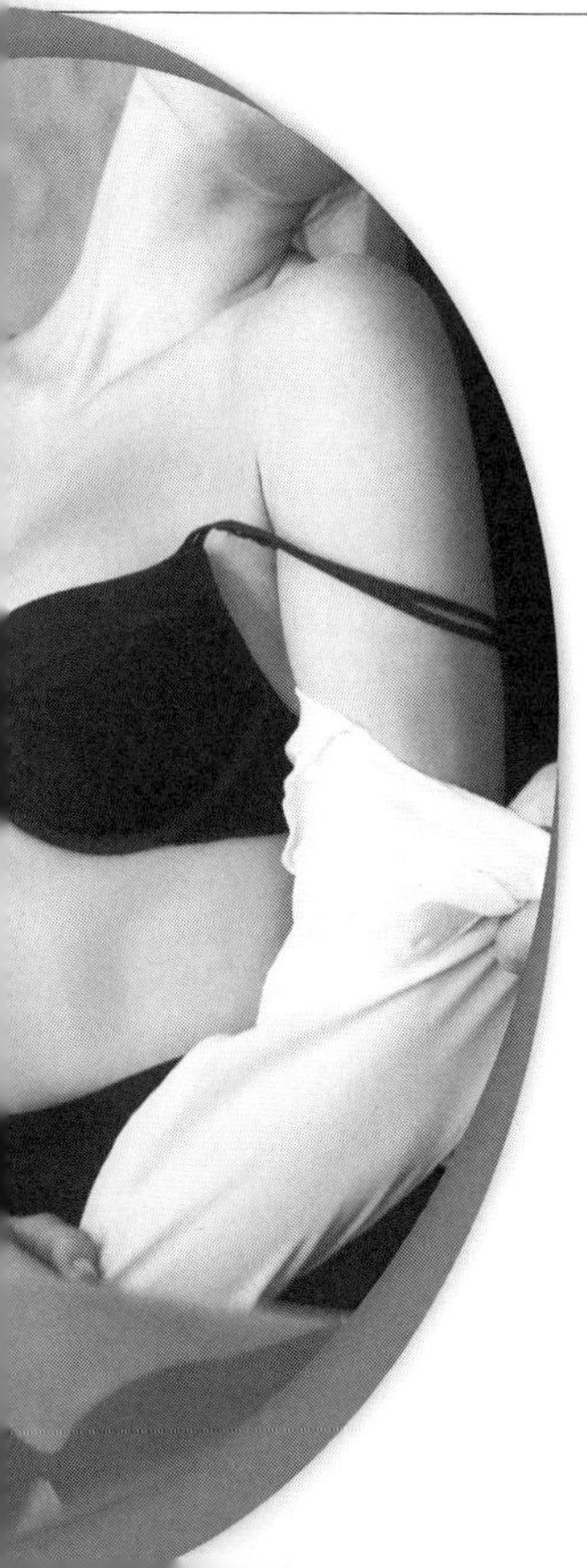

第四章
働く奥さんの濡れ濡れ日報

後輩社員の罠にはまり五人の男たちの慰みものになった私 …… 172
投稿者 目加田くるみ（仮名）／35歳／OL

夫婦生活の欲求不満を職場で晴らす私たち …… 180
投稿者 三沢翔子（仮名）／25歳／デパート勤務

勤め先の会長にドMな性癖を開発されまくって！ …… 185
投稿者 森めぐみ（仮名）／27歳／秘書

運命のイタズラ？ 下剋上肉奴隷に貶められた私 …… 191
投稿者 中田麻美（仮名）／36歳／OL

義父と私の禁断の裸エプロンSEXエクスタシー …… 198
投稿者 潮路みちる（仮名）／24歳／パート

初めてのレズHのクセになりそうな快感に大満足！
投稿者　民元千沙（仮名）／23歳／アルバイト …… 203

部下と上司とダブルの肉棒を味わう私の快感ライフ
投稿者　宮内妃呂美（仮名）／34歳／OL …… 208

ある日いきなり強制3Pの快感にさらされて！
投稿者　猪口真麻（仮名）／28歳／公務員 …… 216

第一章

働く奥さんの快感日報

■私の胎内に吐き出した店長の精液の量は驚くほどに大量で、ドクドクと際限なく……

パート先の店長との魅惑のセクハラ関係の果てに遂に！

投稿者 石原さゆみ（仮名）／30歳／パート

子供もようやく小学校に上がり、ある程度手を離れたので夫の了承を得て、前からやりたかったパート勤めに出ることにしました。家計が厳しいというわけではなかったのですが、正直、毎日の専業主婦暮らしにちょっと変化が欲しかったのです。

勤め先は、前から客としてよく利用していて、店長（四十二歳）ともすっかり顔なじみになっていた、家から歩いて十分ほどのところにあるちょっとマイナーなファミレスチェーンのお店です。店長はとても穏やかでやさしい男性だったので、きっとある程度気楽に楽しく働けるだろうと思って。

ところが、いざ働きだしてみると、とんだ思惑違いであることがわかりました。

可愛い娘が二人いて、マイホームパパとの評判も高い店長が、実は……！

知られざる店長の本性が顔を出し始めたのは、私が働き始めて一週間ほどが経った頃でした。

その日は間の悪いことに他のパートさんが二人も急に休んでしまい、十一時から十五時までの間、ホールは私と店長の二人だけで回すはめになってしまいました。書き入れ時のランチタイムは二人ではさすがに忙しくて、十四時を回ってピークが過ぎる頃には、私はヘトヘトですっかり疲労困憊していました。

ぐったりした感じで、それでもトレイを手にホールの隅に立って店内を見回していたのですが、そこへ店長が近づいてきました。そして、

「いや〜、さすがに忙しかったね〜。ほんと、おつかれさま！」

と、耳元で囁くようにねぎらってくれたのですが、そのとき、スルリと私のお尻を撫で上げてきたのです！

私は突然のことに驚いてしまい、思わず店長の顔を見たのですが、そこにあったのは、いつもの穏やかでやさしいだけではない、えも言われぬ淫らさを秘めた悪魔じみた表情でした。とっさに非難の言葉が出ず、口をパクパクさせているだけの私を尻目に、店長はさらに数度、私のお尻を撫で上げ撫で下げ……いやらしい笑みを含んだ目で、じっと見つめてきました。こういうのを蛇ににらまれた蛙とでもいうのでしょうか。私は何も言えず、そっと目をそらすことしかできなかったのです。

そしてこの日を境に、店長の私に対するセクハラ行為は日増しにエスカレートして

いくばかりでした。

他のパートさんや厨房のスタッフ、お客さんの目が届かないのをいいことに、お尻のみならず、腰、背中、胸……そして、一番恥ずかしいアソコにまで、淫らな魔手を伸ばし、触れてくるようになったのです。

あ、でも、ここで一つ訂正しなければなりません。

さっき〝セクハラ行為〟と書きましたが、正直、私はその一連の店長の行為が決してイヤではなく、むしろそのスリリングな快感と興奮をもっともっとと求めていたくらいで……これではいわゆるハラスメント（いやがらせ）にはなりませんよね？

そんなわけで、私は、

（店長、今日はいったい、どこをどんなふうに触ってきてくれるんだろう？）

と、日々そのはしたない期待に胸を膨らませ、アソコを湿らすようになってしまったのです。

そうやって、厨房とホールを隔てるパーテーションの陰で胸を揉みまさぐられたり、スタッフカウンターの下でアソコを撫で回されたり、時にはうなじを舐められたり……といった、いわば〝寸止めエッチ〟を楽しんでいたわけですが、当然、いつまでもそういった生殺しのようなプレイで気が済むわけもなく、いつしか私は、店長ともっとちゃんとしたエッチがしたいと望むようになっていました。

しかし、そうは言ってもお互いに家庭のある身。そう簡単にそんな機会が訪れることはありませんでした。

ところが、ある日唐突にその機会はやってきました。

十一時から十五時の勤務シフトを終え、私が私服に着替えて従業員用の出入り口から外へ出ると、なんとそこに車に乗った店長がいたのです。今日は店長は休みの日で、私は正直テンションの上がらない勤務時間を過ごしていたわけですが、この思いもよらない展開に、がぜん胸がときめいてしまいました。

「どう、石原さん、これから二人でさくっと……デートしない？」

店長の誘いに、私はとっさに頭の中で時間割を計算しました。ああしてこうして、今日は息子も英語教室で少し帰りが遅いから、ぎりぎり二時間くらいならなんとかなるかもしれない……。

そうやって私は、辺りの目をはばかりながら、店長の車に乗り込んだのです。

店長は二十分ほど車を走らせると、若い人が好むような今どきのオシャレできれいな感じとは真逆の古びた、まさに〝昭和の建物〟といった雰囲気のラブホテルへと私を連れていきました。薄暗い駐車場の壁は、よく見なくてもあちこちにヒビ割れの線が入っているのがわかり、恐らく築五十年近くは経っているのじゃないでしょうか。でも、そんなレトロ（?）な雰囲気がイヤなどころか、私は後ろ暗い背徳感を掻き立てられるようで、なんだか無性に興奮してしまったのでした。

当然、部屋の中も古臭くて趣味が悪く、大きな円形の回転ベッドに寝転んで天井を見上げると、そこは一面の鏡張りでした。そこに映った、オレンジ色がかった部屋の照明の中に浮かび上がる全裸の私と店長の姿は、なんだか妙にいかがわしい湿り気を帯びていて、〝禁断の関係〟という言葉がぴったりの二人に見えました。

「石原さん……やっと二人きりになれたね」

「ああ、店長……」

さっき浴びたばかりのシャワーのお湯のしずくが十分拭き取られていないお互いの肌が、しっとり、びっちょりと触れ合い、からみ合って……それだけで心身ともに一つに溶け合っていくようでした。

店長の唇が私の乳首を含むと、れろれろ、ちゅうちゅうとねぶり、吸い立ててきて、その甘ったるい吸引力が、私の全身の性感帯を震わせ、しびれるような快感を乳首に集中させていくようでした。

「ああっ、はぁ、ああん……店長、いいっ、いいのぉ……」

そう言って全身をくねらせる私の太腿に、熱く硬い感触が触れるのがわかりました。もちろん、怖いくらいに勃起した店長のペニスでした。

「はぁ……店長のこれ、しゃぶらせてぇ……」

私は思わずそう言うと、返事も待たずに身を起こしてソレにしゃぶりついていました。はっきり言って夫のモノより大きさは劣るけど、そんなことはどうでもいいんです。あの日々の店での寸止め快楽プレイの数々の積み重ねが溜まりに溜まって、今最高の媚薬となって私の欲望と性感を限界まで昂ぶらせているようでした。

もう、店長のペニスが愛しくて愛しくて、たまらないのです。

と、私の一心不乱過ぎるおしゃぶり攻撃に堪えかねたかのように、その先端から透明の先走り液がじゅわじゅわと溢れ出し、

「くうっ、うう……た、たまんないよ、石原さん……！」

そうせつなげな喘ぎ声をあげたかと思うと、店長が私の体を強引に押し倒して覆いかぶさり、問答無用でペニスを突き入れてきました。

「ああっ、はぁっ、はふ……店長、ああ……」

「くう、石原さんのオマ○コの中、熱くてヌルヌルで狭くて……俺のチ○ポをきゅうきゅう締め付けてくるぅ……ううっ！」

そこからは、まさに一気呵成でした。

店長は狂ったように腰を打ちつけ、私も同じく狂ったようにそれを受け止め、食いちぎらんばかりに締め上げ……二匹の飢えた獣に成り下がった私たちは、ただひたすらがむしゃらに、お互いの肉体をむさぼり合ったのでした。

そしてわずか五分後、私たちはほぼ同時にフィニッシュを迎えていました。

大きさこそ夫に劣るものの、私の胎内に吐き出した店長の精液の量は驚くほどに大量で、そのドクドクと際限なく注ぎ込まれる熱い迫力に、私は気が遠くなってしまうほどでした。

それから、私と店長は月に一回ほどのペースで関係を楽しんでいます。

仕事にもすっかり慣れ、働き甲斐も感じられるようになった私は、本当に充実した日々を送れていると思います。

■アタシはズルズルと体を下げていくと、無我夢中で彼のオチン〇ンを頬張り……

会社のトイレで快感にむせび泣く欲求不満新婚妻！

投稿者　高柳環奈（仮名）／27歳／OL

去年、大学時代から付き合ってた隆介と結婚したばかりのアタシ。

そう、まだバリバリの新婚夫婦。

なのに、その直後に隆介の海外単身赴任が決まっちゃって、もう冗談じゃないよ〜ってカンジ！　もともとがエッチ大好き人間だったアタシにとって、大好きな隆介のオチン〇ンと丸一年もの間、離れ離れになっちゃうなんていうこの状況、もうアタマもカラダもどうにかなっちゃいそう〜！

っていう、全身の毛穴から吹き出さんばかりの欲求不満の熱気が、まさか伝わっちゃったのかしら？　ついこの間、先輩社員の塚田さん（三十歳）から、いきなりエロ〜いアプローチをかけられちゃったの。

社屋の外に設置された喫煙所で寒風に吹きさらされながらタバコ吸ってたら、そこへ塚田さんがやってきて、アタシの横に立って自分のタバコに火をつけつつ、

「環奈ちゃん、もしよかったら、タバコだけじゃなくてオレのチ○ポも吸ってみない？　こう見えても、けっこういいモノ持ってるんだぜ？」

なんて言ってくるとか。

アタシ、周りに誰もいなかったにもかかわらず、思わず辺りをキョロキョロ見回しちゃったけど、そんなあからさまなセクハラ発言に別に怒ったわけじゃなく、

「そんなに、アタシってば飢えてるように見えちゃいますぅ？」

って、自然に聞き返しちゃってた。

実は前々から、塚田さんのことは、いいなあって思ってたのよね。

背が高くてイケメンで、オスのフェロモンをプンプンさせてるカンジで。

「うん、見える見える。まだ新婚だってゆーのにダンナと引き離されちゃうなんて悲惨すぎ。欲求不満が溜まりすぎて、今こうしてオレと話してるだけでもアソコをジュンジュンいわせちゃってる感、もうアリアリ！」

って、いやいや、まさかいくらなんでもそこまでは……あるかも？

あちゃぁ……ほんとに股間がウズウズしてきちゃった……。

と、そこへいきなり塚田さんにキスされちゃって！

もうアタシ、完全に降参するしかなかった。

「昼休み、四階のトイレ前で待ってるよ。もう昼飯食ってる場合じゃないって」

塚田さんはそう言い残して去っていき、アタシってばもうその昼休み時間までの一時間、悶々としちゃってアタマがおかしくなるかと思っちゃった。

そしていよいよ待望の昼休み。

アタシは塚田さんに言われるまでもなく、お腹よりもアソコを減らしちゃって、一目散に五階のオフィスから四階のトイレへと向かったわ。

すると、うまい具合にトイレ前には塚田さんの他には誰もいなくて、塚田さんの合図で今なら中にも誰もいないことがわかった。

アタシは塚田さんに導かれるまま男子トイレの中へ……そして一番奥の個室に二人で入って、しっかりと内側からロックした。

「ふふ、インランさん、いらっしゃ～い！」

「んもう、イジワル……」

なんて短い言葉を交わしたあとは、もう二人してエロエロモードに突入！

お互いの口にむさぼりつき、さっきの喫煙所でのやつが比べものにならないくらいの激しく濃厚なキスをした。塚田さんの舌がアタシの口内をところ狭しと舐め回し、舌をからめ取るとジュルジュルといやらしい音を立てながら吸いあげてきて……それだけで脳内が真っ白にしびれちゃいそうだった。

「ふ……はぁ、ああ、うぶぅ……」

そう言って悶え喘ぐアタシの胸を塚田さんの手がまさぐり、ブラウスのボタンを器用に外すと、はだけた胸元を荒々しくこじ開けてブラをグイグイと上にずり上げてきた。一瞬ちょっと痛かったけど、すぐにブラがずれてプルンとアタシのオッパイが顔を出した。もうすっかり乳首がつんつんに尖り立っていて、ああ、これじゃあ敏感すぎて痛いはずだわ。

塚田さんは激しいディープキスを続けながら、両手でアタシの乳房をムニュムニュと揉みしだき、時折コリコリと乳首をこね回してきた。

ああっ、たまらなくキモチイイッ！

「んはっ、はぁ……んぐぅ、んふぅ……！」

「シイッ！　声、もっと抑えて！　誰か入ってきたら聞こえちゃうよ！」

塚田さんにそうたしなめられたけど、だって仕方ないじゃない。

欲求不満が溜まりまくった新婚妻にこんなことして、声出すなだなんて、ムリ言うにもほどがあるってものよ！

アタシのほうももうじっとしていられなくて、手を彼の股間に伸ばすとズボンのジッパーを下げて下着の中からオチン○ンを引っぱり出してた。それってばもうビンビンに勃起してて、アタシの手の中で熱く脈打つようで……ああん、これこれ、これが欲しかったのよ～～～！

「はぁ、はぁ、はぁ……んんっ、んぶっ……！」

アタシはズルズルと体を下げていくと、無我夢中で彼のオチン○ンを頬張り、フェラしてた。それはけっこう大きくて、アタシは喉奥を突かれてちょっと苦しかったけど、すぐに興奮のほうが勝って、たまらなく昂ぶってきちゃって……。

「くう……か、環奈ちゃん、フェラうまいねぇ……オレもたまんないよ」

塚田さんはそう言うと、アタシをいったん立たせてパンティの中に手を突っ込み、さんざんオマ○コを掻き回してグチュグチュに蕩かした挙句、今度は自分から便座のふたの上に腰を下ろした。

そして二人向かい合った体勢で、そそり立ったオチン○ンの上にアタシを座らせるようにしてアソコにズブズブと埋めていって……。

「んはぁっ……は、はっ、はぁ……ああん、すごい、オチン○ン、オマ○コの中に入ってくるぅ……いい、いいのぉ……」

「はぁ、はぁ、はぁ……だ、だから、そ、そんなに声あげちゃダメ……だって、誰かに聞こえちゃう……ううっ！」

とか言いつつ、彼のほうもだんだん声が昂ぶってきて、ほんと、人のこと言えないっちゅーの！

それでも、二人してなんとか精いっぱい声を立てないようにがんばりながら、でも逆に下半身のまぐあいは激しくしていって……アタシは下から彼に突き上げられながら、腰をうねらせて、もっともっととテンションを上げていった。

そして、

「ううっ……イ、イク……もう、出しちゃうよ……いい？」

「ああん、ア、アタシも……イ、イクゥ……！」

最後、とうとう二人して思いっきり声出しちゃったけど、幸いそのとき、トイレ内には誰もいなかったみたい。ふ～っ、あぶない、あぶない。

それから、どうにも辛抱たまんないときだけ、塚田さんのオチン○ンのお世話になってるアタシ。これもみんな、新婚夫婦に気をつかってくれない会社のせい。

アタシ、ちっとも悪くないよね～？

■彼の上に馬乗りになって、たぷん、たぷんと豊満な乳房を顔の上に垂らし、揺らし……

憧れの同級生に夜這いエッチする私は淫乱ナース！

投稿者　石崎麻衣（仮名）／36歳／看護師

私はそこそこの規模の整形外科医院のナースです。もうけっこうなベテランということもあって、師長の右腕的存在として、日々奮闘しています。

そんなある日、バイク事故で足を骨折したという男性が入院してきたのですが、その顔を見てびっくりしてしまいました。

なんとその昔、私が高校時代に好きだった憧れのKくんだったのです。

彼はもともとは美少年系のイケメンだったのが、今はいいかんじで大人の渋みが加わって、さらに魅力的な男性になっていました。

実に十八年ぶりの再会です。

彼のほうは最初、私のことがわからなかったようでしたが、治療を終え、二人部屋の病室に入って少し落ち着いた後、自分から話しかけると、ようやく思い出してくれたようでした。それはまあ仕方ないですよね、私にとって彼はずっと見つめ続けていた唯一無二の存在だけど、当時モテモテだった彼にとっての私は大勢いる女子の中の一人に過ぎなかったのですから。

「そうか、三上さん（旧姓）かあ、うん、覚えてる、覚えてる！　おとなしそうで、いつも本を読んでたよね？　でも、とても俺と同じ歳には見えないなあ……よく若いって言われない？」

やはり、子供を産んでいないからでしょうか。看護師という日々の激務のせいで常に体を動かしているせいか体型もくずれておらず、確かによく〝若く見えるね〟と言われますが、やはり、大好きだったＫくんに言われる嬉しさはまた格別でした。

今年で結婚十年目になる夫は、今やすっかり私のことなど女として眼中にはないようで、会話すらまともにないような状態……もちろん、完全なセックスレス状態です。

「ほら、肌だってこんなにツヤツヤのスベスベだ」

さすが女馴れしているＫくんです。なんのためらいもなしに私の手をとると、自分の手で撫で回しながら、上目づかいにそう言いました。

恥ずかしい話、たったそれだけで私のカラダは反応しまくっていました。

頬は火照り、全身をゾクゾクと戦慄が走り。

乳首の先端がキュウ～ッと痛いくらいに突っ張り。

アソコがジンジンと疼き、濡れて。

Kくんは、そんな私の様子を瞬時にして見抜いたのでしょう。同室の男性患者に聞こえないように声を潜めて言いました。

「今晩、おいで。待ってるよ」

私は言葉を発することができず、ただ黙ってうなずくしかありませんでした。

それからの数時間、日中から夕方にかけて忙しく立ち働きながら、私の中では信じられないくらいの昂ぶりが巻き起こっていました。あの憧れのKくんに抱かれる期待に、まさに全身を打ち震わせていたのです。

そして、とうとう夜がやってきました。

ちょうど当直だった私は、少し休憩してくると若い看護師たちに言い置いて、ナースステーションを出ていきました。

真夜中の一時すぎ、私はKくんの病室の様子をそっと窺いました。うまい具合に手前の入り口側に寝ている同室の患者はぐっすりと眠っているようです。私は常夜灯だけがぼんやりと照らす、薄暗い病室の中を足音を忍ばせて歩き、窓側のKくんのベッドのほうへと近づきました。

Kくんの顔を窺うと、目を閉じて眠っているようだったので、背をかがめて顔を近づけていきました。

と、突然彼が目を開け、私の体に両腕を回してグイと自分のほうに引き寄せると、いきなり濃厚なキスをしてきました。

唇を割って口内に侵入してきた彼の舌が、私の舌をとらえからみつき、じゅぶじゅぶと淫猥な音を立てながら唾液を啜り上げてきます。

「ん、んん……んぐぷぅ……」

パーッと脳細胞が白く焼き切れてしまうような感覚とともに、昼間、手を撫で回されたときとは比べものにならないくらいの官能の大波が押し寄せてきました。そこへもってきて、Kくんの手が今度はナースの白衣の上から私の胸をまさぐり回してくるものだから、もうたまりません。ブラの内側で私のGカップの乳房ははち切れんばかりに膨張し、彼の手による刺激をもっと、もっとと叫び求めているかのようです。

「ああん、はぁ、はぁ……あふぅ……」

「ああ、なんて大きくて柔らかいおっぱいなんだ……とっても素敵だ。本当は俺、あの頃も三上さんのこと、可愛いなって思ってたんだよ」

彼が息を淫靡に荒げながら、私の耳元で囁きます。

でも、そんなのウソに決まってます。

彼の記憶の中に私の存在なんて残っているわけがありません。

でも、それでもいいのです。今このときだけ、そんな甘い青春の幻に浸っていられたなら……。

私は、骨折してギプスで固定された彼の右足に触れないように慎重に気をつけながら、ベッドの上に上がりました。そしてナース服の前をはだけ、それは脱がないままに中のブラだけ外し、彼の上に馬乗りになって両手をつき、たぷん、たぷんと豊満な乳房を顔の上に揺らし、垂らします。

下から、彼が顔を起こしてナマ乳房にむしゃぶりついてきました。

ぴちゃぴちゃ、じゅるじゅる、はぐはぐ……と、乳房を舐め回され、ちゅぷぷぷ～っと乳首を強く吸われました。

もう最高に気持ちよくて、私は気も狂わんばかりになってしまいます。

「あはぁ、あぁ……欲しい、欲しいの、Kくんのコレ……」

私は手を下のほうに伸ばして彼の股間に触れ、パジャマの上からもうしっかりと硬く昂ぶっている肉根をガシガシとしごき立てました。

「あう、三上さん、本当にコレに飢えてたんだね……いいよ、俺のチ○ポ、存分に味わってもらって」

「ああん、Kくん……！」

私はがむしゃらに彼のパジャマを下着ごと膝まで引きずり下ろすと、その反動でビーンと勢いよく立ち上がった彼の勃起ペニスを、たっぷり五分間ほどもしゃぶった挙句、いよいよ自分も下半身を剝き出しにして、上からオマ○コでソレを呑み込んでいきました。

「あ、あ、あ……すごい、Kくんのオチ○ポ、奥までズプズプ入ってくるぅ……！」

思わずそう喘ぎながら、自分から腰を振っていきます。

「ああ、はう……三上さん、す、すげぇ……」

彼のほうもガンガンと下から激しく突き上げてくれて、もう、あっという間にオーガズムがこみ上げてきました。

そして、ほんの数分でものの見事にイキ果ててしまったのです。

それから、二週間後にKくんが退院していくまで、毎日のように夜這いしてエッチしてしまった私。

おかげで結婚生活のストレスがずいぶんと解消されたように思います。

■彼はアタシのメイド服のスカートをまくり上げると、生マ〇コを舐め始め……

メイド姿で萌えセックスの快感に乱れ悶えて！

投稿者 須田ゆかり（仮名）／20歳／パート

高校卒業と同時にできちゃった結婚して、三歳になる娘がいます。

ダンナは二十三歳で大工見習いをやってます。まだまだ見習いなもんで、稼ぎは少ないです。

なので、アタシも働いて家計を助けないといけません。

幸い、うちの実家が近く、娘の面倒はお母さんが見てくれるのでラッキーです。

さーて、何してお金稼ごうかな。

できれば楽しくて時給がいいお仕事がいいな。

そう考えた結果、浮かんだのがメイド喫茶でした。

アタシ、フツウにまだ若いところにもってきて、さらに童顔なものだから、今でも中学生ぐらいに見られちゃって、だから、そーゆーのもいいかなって。

で、早速面接に行ったら、即採用になりました。

やり〜っ！

すぐ翌日から勤め始めました。当面は午後一時から五時までのシフトの予定です。

『お帰りなさいませ、ご主人さま〜！』とか、『行ってらっしゃいませ、ご主人さま〜！』とか、基本中の基本の挨拶以外にも、料理や飲みものを出すときの『ラブ注入！』みたいな掛け声まで、すぐに抵抗なく言えるようになり、それどころか、一週間ほども働くと、たちまち人気が出て、ごひいき客がぐっと増えました。

どうやら、中学生みたいな童顔にFカップの巨乳というギャップが皆さんのハートを擱んじゃったようです。

そんなごひいき客の中に、ほんと、毎日アタシのために通ってきてくれる男性がいました。

たぶん歳は三十歳くらい。背が低くて太ってて、おまけに暗いかんじなもんだから、きっとモテないだろうな〜ってゆう、いわゆるキモオタくんタイプ。

でもほんと、毎日毎日、飲食はもちろん、アタシといろんなゲームとかができるオプションにも、バンバンお金使ってくれるチョー上得意さんなので、絶対にむげにはできません。

そしてある日、彼の正体が実はＩＴの会社の社長だってことがわかりました。

なんと、年収五千万だって！　マジかっ、てかんじですよね〜？

そうと知ってしまったら、彼へのアタシの接客態度にもがぜん熱が入ってしまい、それがどうやら彼に勘違いさせちゃったみたい。

店外デート……っていうか、彼の自宅に誘われちゃったんです。

いきなり自宅って、これってもう完全に〝ヤリたいフラグ〟立ってますよね？

もちろん、お店としてはそーゆーの絶対に禁止で、もしバレたら即クビです。

でも……年収五千万の社長さんにもしつきあってあげたら、さぞお小遣いもいっぱい！　って欲に目がくらんでしまったアタシは、密かにＯＫしちゃったんです。

翌週、教えられた住所に行ってみたアタシはたまげました。

都内の一等地にあるそのマンションは、たぶん、アタシが人生二回生きて一生懸命働いたとしても、絶対に買えないだろうチョー高級物件だったんです。

エントランスで承認してもらってから、実家のアタシの部屋ぐらいの広さがあるんじゃないかっていうくらい豪華なエレベーターに乗って、最上階まで昇りました。

「いらっしゃい」

彼は玄関ドアを開けると、いつもどおり伏し目がちにぼそぼそとしゃべり、アタシを室内へと招き入れました。

そこは案の定というか……超大型テレビやその他最先端・最高級のＡＶ機器がこれでもかとひしめき合っているものの、そのかかっているお金とは裏腹にハイセンスという言葉とは無縁。いろんなフィギュアやゲーム、ＤＶＤ……その他凄まじい数のオタクグッズで埋め尽くされ、とっちらかり……まさにチョー高級オタク部屋というかんじでした。

「ちゃんと言ったとおりの格好で来てくれた？」

「はい、ご主人様、もちろんです！」

彼の問いかけにそう応えると、アタシは着てきたコートを脱ぎ、お店にいるときまんまのメイド服姿を現しました。

「はぁ、はぁ、はぁ、ああ……かわいいよ、ゆんたん！」

あ、ゆんたんっていうのは、アタシのお店での呼び名ね。本名がゆかりだから。

彼は、アタシのメイド服姿を見るや否や、さっきまでのきょどった態度から豹変し、目を血走らせ、鼻息を荒げながらアタシのほうににじり寄ってきました。

「嬉しいよ、宇宙イチかわいいゆんたんと、こうして二人きりになれるなんて！　ああ、ようやく夢がかなうんだ！」

彼はアタシのカラダをぐいぐいと押しやるようにすると、別の部屋へ……そう、自分の寝室へとアタシを連れ込んだんです。

そしてその瞬間、アタシの目に信じられないものが飛び込んできました。

なんと寝室の天井に、アタシの等身大らしき写真がバーンと貼り付けてあったんです！　その写真の雰囲気から、店でこっそり隠し撮りしたものに違いありません。

「へへ、ごめん……びっくりした？　もう毎晩、毎晩ね、ベッドに寝そべってこうやってゆんたんのかわいい姿を見上げながら、その……自分でやってたんだ」

キモッ！

彼のとんでもない変態発言に思わず内心ドン引きしましたが、まあ、どうせこれからやられるわけだから、もう開き直るしかありません。

「はぁ、はぁ……でも、今日は正真正銘、ホンモノのゆんたんとデキるんだね！　ああ、もう興奮しすぎてアレが暴発しちゃいそうだよ！」

彼はアタシを放り投げるようにベッドの上に横たえると、メイド服を脱がせることなく、全身をまさぐり回してきました。

なんだか安っぽいスエットパンツ越しに浮き出しているその股間は、思いのほか大きくて、確かに彼が自分で言ったように限界まで膨張しきっているみたいでした。

「さあ、ゆんたん、そのかわいい舌で、僕のこれ、舐めて……」

彼がそう言って下半身を剝き出しにすると、外側からのさっきの印象以上にビッグな勃起チ○ポが、アタシの目の前に突き付けられました。

アタシは言われるがまま、決してそんなに大きくない口を思い切り開いて、ソレを咥え込みました。事前に洗っていないらしく、いや、それどころか二〜三日ほったらかしなんじゃないの？　っていうくらい強烈にムワッと臭う亀頭をチュッパ○ャップスを舐め回すような要領でしゃぶり吸いました。ううっ、思わず吐き気が……でも、ガマン、ガマン！　ここが辛抱のしどころよ、ゆんたん！　って、自分で言うか！

「ああ、いいよぉ、ゆんたん……すっごいキモチいい！　チ○ポ蕩けちゃいそう……ううっ、くうぅ！」

彼はそう呻いたかと思うと、次の瞬間、ビクビクッとチ○ポを震わせ、ドクドクッとアタシの口内に大量のザーメンを放出してました。

「んぐぅ、ぐふっ……がはっ、はぐっ！」

いきなり喉奥に濃厚な液体を流し込まれ、アタシはたまらずむせてしまいました。

「ああ、ごめんよ、ゆんたん……でも、めちゃくちゃキモチよかったよお！　今度は僕がゆんたんのことキモチよくしてあげるからね！」

彼はそう言うと、アタシのメイド服のスカートをまくり上げ、ストッキングと白いハイソックス、そして白いパンティを脱がせ、生マ〇コを舐め始めました。すると、そのぎこちない愛戯がまたなんとも言えず刺激的で、アタシのソコもすぐさま反応してヌレヌレになっちゃいました。

「ああ〜、僕、またもうこんなになっちゃった〜！」

彼はそう言うと、一段とたくましく回復勃起したチ〇ポを、アタシのマ〇コに突き入れ、バコバコと激しく腰を動かし、アタシのほうもあっという間にイッてしまったんです。

彼もまた二発目をアタシの中に注ぎ入れ、もう大満足という様子でした。

「ああ、ゆんたん、今日は本当にありがとう！　これ、ほんの気持ち。少ないけどとっておいて」

と言って、彼がアタシにくれたのは、なんと現金十万円！

正直、期待をはるかに上回るリターンで、超ラッキーでした。

これでダンナに何かおいしいもの買って帰ってあげようっと！

その日以来、アタシは彼がまた誘ってくれるのを心待ちにしてるんです。

■下からせり上がってきた指がブラの下側のエッヂをこじ開け、中にねじ入れられ……

パート初出勤の朝は痴漢の淫らな指に濡れて

投稿者 森内愛（仮名）／31歳／パート

ずっと住み慣れた田舎を離れ、夫の転勤につき従って、この春から東京での暮らしが始まりました。

当然、友達どころか知り合いの一人もおらず、夫が仕事でいない間、もう寂しいわ、つまらないわ……で、それほど家計が厳しいわけでもなかったのですが、パートに出ることにしました。

といっても、私と夫が住んでいる賃貸マンションがある地域は、若干郊外に位置していることもあってあまり働き先がなく、仕方なく、電車で三十分かかる中心街のほうにあるスーパーに勤めることになりました。

そして、その通勤の初日から、私は衝撃の体験をしてしまったのです。

早番だった私は、朝九時のスーパーの開店三十分前に間に合うように、八時頃の電車に乗ったのですが、まずはあまりの込み具合にびっくりしてしまいました。

なにしろ生まれてこのかた、ずーっと田舎暮らしだった私は、いわゆる通勤ラッシュなどというものは経験したことがなく、ただもう電車が揺れるたびに、あっちへグラ～ッ、こっちへグラ～ッと、車内の人波に押し流されるままに身を任せるしかありませんでした。

身長が百五十三センチとあまり大きくない私は、他の人よりだいたいアタマ一つ分は背が低く、人の壁に囲まれてほとんど周囲が見えない状態だったのですが、ふと気づくと、さっきまで私の前で背中を向けていた長身のサラリーマン男性が、いつの間にかこちら向きに体勢を変えているではありませんか。

ちょっと怪訝に思った私でしたが、かと言って身動き一つできるわけではありません。ただひたすらじっと、目的の駅に到着するまで耐えるのみ……ところがそのとき、ごそごそと妙な感触に見舞われたのです。

なんと、例の前のサラリーマンが手を少し上げて、私の胸の辺りをまさぐっていたのです！

（ええっ、ま、まさか……痴漢⁉）

そう、通勤ラッシュが生まれて初めてだった私は、当然痴漢に遭うのも初めての経験でした。

もう、あまりの驚きと恐怖、それに恥ずかしさで、声一つあげることができませんでした。周りにはこんなにたくさん人がいるのに、一言助けを求めることさえできないなんて……それは、気が狂いそうになるほど孤独すぎる感覚でした。

（誰も私のこと、助けてくれない……いや、それどころか、誰もが私のことをイヤラシイ目で見てる……敵なんだ！）

とまあ、かなりの被害妄想ぶりですが、それぐらい追い詰められてしまっていたということです。

だらだらと脂汗を流しながら、下を向いて固まっている私に、相手は容赦なく痴漢の魔手を伸ばしてきました。

服の上から、私の下乳のラインに沿って指を撫で滑らせ、それを何度か繰り返したあと、下側から搾り上げるようにして乳房を揉み込んできました。

その日は、まだ四月だというのに初夏を思わせる陽気で、私はブラの上にダンガリーシャツを一枚羽織っただけの薄手の格好。気温が下がる夕方に備えて持ってきたカーディガンはトートバッグの中に入っています。下はパンティの上にジーンズというで立ちでした。

相手はますます調子づいていき、平然と私のダンガリーシャツの前ボタンを外し始めました。そして、ちょうど乳房の先端から下のほうにかけて前をはだけられる格好にされてしまったのです。

相手の手が、直接私のお腹の素肌に触れ、撫で回してきて……すると、私はなんだかゾクゾクしてきてしまいました。さっきまで、あんなに緊張と羞恥心と恐怖感に苛まれていたのに……いえ、羞恥心はまだ残っていましたが、それがあるがゆえに逆に妙に昂ぶってしまうというか。

全身の硬い緊張感はほぐれ、今度はそれに代わって信じられないくらいの敏感さが全身を覆い、私の素肌のお腹を撫で回す手の動きが生み出すえも言われぬ妖しい感覚が広がっていきます。

そのうちに、下からせり上がってきた指がブラの下側のエッヂをこじ開け、中にねじ入れられてきました。いよいよ素肌の乳房に触れてきたのです。

うねうね、ぐにゅぐにゅという、その気持ち悪い虫のような動きが、なんだか逆にすごく気持ちよくて……私のカラダはガクガクと震えてきてしまいました。

さらに指はぐいぐいと深くカップの中に侵入してきて、とうとう私の乳首に達すると、指先でくいくい、つんつんと、こね弾くようにしてきました。

んくぅ……くふぅ、ううっ……。

ますます気持ちよさに拍車がかかり、思わず低い喘ぎ声がこぼれてしまいます。

そのとき、初めて相手が語りかけてきました。

あんまり大きな声出したら、周りの人に聞こえちゃうよ。そんなのいやでしょ?

そこで初めて私は、周りの人もみんな敵だという切羽詰まった被害妄想から目が覚め、どうしようもなくドギマギしてしまったのです。

そうそう、いい子だね。黙って気持ちよくなろうね。

相手が私の耳元に口を寄せて淫靡に囁き、さらに興奮を煽り立ててきます。

ブラのカップの中で乳首をいじくっているのとは反対の手が、今度は私の下半身に忍び寄ってきました。

ジーンズの前ボタンが外され、ジッパーが下ろされ、全体の締めつけが無くなったところで、手がパンティの中に潜り込んできました。

と、その瞬間、相手が私の顔を見てニヤリと笑いました。

そう、もうすっかりそこは濡れていたのです。

いろんな音にかき消されて、もちろんそんなわけはないのに、相手の手が私のアソコをいじくって、クチュクチュと啼く声が周りに聞こえてしまうのじゃないかと思うくらい、そこはいやらしい汁で溢れていました。

ふぅ、くふ……んんっ、んくぅ……。

今や上と下を同時に責められ、私はどうにかなってしまいそうなほど、感じまくっていました。

でも、もうそろそろ目的地の駅に着いてしまいます。

私は、本当はもっともっといじってほしいという欲求をかなぐり捨て、相手の手から逃れると、慌てて身づくろいをして、電車が停まると同時に転げ出るように駅のホームに降り立ったのです。

そのまま職場に向かい、急いでトイレに駆け込んでグチャグチャに濡れたアソコの始末をすると、何食わぬ顔で働き始めました。

あの痴漢の人と、また会うことができるかしら。

そんなことを思いながら。

■彼は私のうなじをねぶり回したまま、エプロンの上から胸を鷲掴んで……

料理教室を淫らに汚す悶絶課外授業エクスタシー

投稿者 滑川詩織（仮名）／38歳／料理研究家

五年前、脱サラした夫が自分で起業し、ウェブに特化した広告代理店を始めました。最初は大変でしたが、そのうち少しずつ軌道に乗っていき、今では年商三億を超えるほどになり、大変余裕のある生活を送ることができています。

一等地にあるマンションの最上階の窓から眺める外の景色は最高で、最先端の電化製品や高級かつおしゃれな調度に囲まれた、広々とした4LDKの部屋での暮らしは、きっと世の多くの女性の憧れに近いものがあるのではないかと思います。これで子供がいれば言うことないのですが……まあ、贅沢言っちゃいけませんよね。

そんな、普通だったら子育てに向けているであろう情熱と労力を、私は昔から大好きだった料理に向けています。最初は自分オリジナルのレシピをネットで公開していたのですが、だんだん反響が大きくなり、多くのユーザーの熱烈なリクエストに応えるべく、二年前から自宅のダイニングキッチンを使って料理教室を始めたのです。するとたちまち評判になり、週に二回・午前十時から十四時までの教室の定員（八名）はすぐに満杯になってしまうほどの盛況で、現在までずっとその状況が続いているのです。

当然、生徒さんのほとんどは奥様や、花嫁修業中の若い女性ですが、最近入ってきたのは珍しく男性で、なんでも自宅でデイトレーダーの仕事をしているということで、まあ確かにそうでもなければ平日の昼間に来れたりしないですよね。

彼は四十歳でSさんといい、独身だという話でした。

それなりにリッチそうでいつもいい身なりをしていて、顔もなかなかのイケメン……しかも、料理の習得にすごく熱心なんです。いつも細かいことまでいろいろと質問してきて、私も内心憎からず思っていました。

そんなあるとき、もうその日の教室も終わろうかという時間になってから、Sさんがこんなことを言いだしたんです。

「先生、すみません。どうしてもさっきのあの調理のプロセスをもっと詳しく教えてほしくて……わがまま言って申し訳ありませんが、このあと少しでいいので課外授業をしてくれませんか？」

他の女性の生徒さんは次々に帰っているところで、正直、いくら生徒さんといえども男性と二人きりになることには躊躇があったのですが、彼があまりに熱心に言うもので、とうとう根負けして了承してしまったのでした。

「やった！　ありがとうございます！」

Sさんは満面の笑みでそう言いました。

が、その笑みの裏側にはとんでもない悪魔が潜んでいたのです。

「じゃあ、いいですか？　この水にさらした大根を……」

特別課外授業が始まり、私は彼の要望に従って詳細な説明を始めました。

「ふむ、ふむ、なるほど、そのひと手間がポイントなんですね」

と、最初彼は頷きながら聞いていたのですが、そのうち、妙に私との距離感が近くなっているのに気づきました。シンクに向かって説明しながら調理している私の背後に立った彼の体は今やもう触れんばかりで、衣服を通してもその体温が伝わってくるようでした。そしてさらに、私より顔半分くらい背の高い彼の吐息が、熱く私の耳朶をなぶってくるかのようなのです。

さすがの私もいくばくかの嫌悪感を抱き、少し振り向いて彼のほうをにらむようにしました。でも、そこで彼は動揺するどころかニヤリと笑い、いきなり背後から私のカラダを抱きすくめてきたのです。

「あっ……ちょっと、Sさん、何するんですか……や、やめて……っ！」

私はそう叫んで抵抗しましたが、彼ときたら、

「ふん、いくら叫んだって無駄だよ。ここ、だてに高級マンションじゃないもんな、完璧な防音で絶対に外に聞こえやしないよ」

平然とそう応えると、背後から私を抱きすくめたまま、うなじをベロベロと舐め始めたのです。湿った生温かい感触になぶられ、私は思わず怖気をふるいました。

「や……ぁ、だめ、ほんと、やめてったら……！」

「うるさい！　社長夫人かなんか知らないけど、いつも上から目線でお高くとまりやがって……ずっとこうして、そのすました顔を歪ませてやりたかったんだよ！」

彼は思いもよらないことを言いながら、私のうなじをねぶり回したまま、エプロンの上から胸を鷲掴んで揉みくちゃにしてきました。

「あっ、やぁ……い、痛いっ……！」

「はん、そのうち気持ちよくなってくるって！　ほら、こんな邪魔なもの外しちまうぜ！」

彼は引きちぎるように私の衣服を剝ぎ取ると、中から現れたブラジャーも外してしまい、否応もなく乳房がこぼれ出てしまいました。

「ほう、やっぱり想像どおり、きれいなオッパイしてるじゃないか。ま、あんまり大きくはないけど、このくらいのほうが味わい深いっていうもんだ」

なんだか褒められてるのだか、けなされてるのだかわかりませんが、私はムニュムニュとナマ乳房を揉みしだかれて、その予想外の甘美な感触に思わず腰砕けになってしまいました。

いきなりこんなふうに無理やり襲われ、乱暴されてるというのに、どういうわけかたまらなく気持ちよく感じてしまったのです。そう、確かに彼が言ったとおりに。

「お、ほらほら、乳首立ってきてるじゃないか！　まったく、とんだ淫乱マダムだ！　ほらほら、こうするともっと気持ちいいだろ？」

彼はさらに、今度は私の乳首を摘まむと、それをねじりあげるように乳房全体をしごき揉んできました。

「はぁっ……や、あぁ、ダメ、そんなの……！」

どうしよう、もうほんと、とんでもなくキモチいいっ！

私の全身を甘美なしびれが走り回り、もう立っていられなくなってしまいました。

すると、彼はとうとう、

「さあ、そろそろこっちのほうも、さぞや大変なことになって……」

と言いながら、私の白いパンツのファスナーを下ろすと、ショーツの中に手をぐいと突っ込んできました。

「はう……あぁっ！」

彼の指が私の濃い目の茂みを掻き分け、その奥の肉唇を押し開いて……グチュ、ヌチャ、ジュブゥ……という、とんでもなく恥ずかしくて淫らな音が響き渡りました。

「わぁ、やっぱ、もうドロドロのグチャグチャじゃないか！　とんでもないスケベマ〇コだ！　ほら、こうしてほしいんだろ？」

ものすごい勢いで指が出し入れされ、それに応じて熱い粘液がパタパタと飛び散って、フローリングの床を汚します。

「あ、あああ、はぁ……あぁん……」

とんでもない恥ずかしさと快感の中で、私はついにその場にくずおれてしまい、その上にSさんが覆いかぶさってきました。

「はぁはぁはぁ……ほら、俺の息子もこんなに力んじゃってる。もう、あんたの中に入りたくってたまらないとさ！」

息を荒げながらそう言うとズボンをずり下げ、その言葉どおりに硬く勃起したペニスを振りかざすと、剝き出しにした私のアソコに挿入してきました。硬い床の上の行為はゴツゴツと痛かったけど、それがまた妙に私の興奮を煽って、無性にエクスタシーが高まってしまいました。

「ああっ、は、はぁ……すご、あん、イ、イイッ……」

「ほらほら、メス犬みたいに腰振って、無様にイッちまいな、お偉い社長夫人の奥さんよぉ！」

彼はそう叫ぶと、腰のピストンのスピードを上げ、さらに深く打ち込んできました。あっという間にオーガズムの大波が押し寄せ、彼の放出した大量の白濁液をお腹で受け止めながら、私は頂点を迎えてしまったのでした。

その後、Sさんは教室をやめ、それっきりとなってしまいました。

怒ってないから、もう一回、課外授業受けに来てくれないかなあ、なんて思っちゃってる私なのです。

■その想像以上にビッグな大きさと、カチカチの硬さにうっとりしてしまって……

謝罪出張転じて大満足の快感商談セックス！

投稿者　溝端はるか（仮名）／27歳／OL

食品会社の営業やってます。

三つ年上のダンナとの仲も良好で、やりがいのある仕事と充実した結婚生活に恵まれて、人生絶好調……という感じだったんだけど、いや〜、世の中どこに落とし穴があるかわかりませんねえ。

先月のことでした。

私が担当している関西のスーパーから連絡があり、なんとうちが卸した商品の中から異物混入品が見つかったっていうんです！　それを買ったお客様からの苦情で発覚したという話で、これはもう食品会社としては一大事！　私は当然、謝罪とより詳細な事実確認のために急遽、新幹線で現地へと向かいました。

夕方頃先方に着き、事務所で店長さんからあらためて説明を受けたのですが、うちのほうの不手際であることは一目瞭然でした。商品の製造工程で何らかの事情で混入してしまったのは間違いありません。

私は、当事者であるお客様への手厚い謝罪と、もちろんスーパー側へも謝罪も含めたペナルティ対応のお約束、そして今後の対応策をまとめた報告書の提出を約束しました。

それら一通り仕事的なやりとりが一段落したあと、店長さんが態度を軟化させてこう言ってきました。

「それじゃあ、今回の件はこれで一応一件落着、いったんノーサイドっちゅうことで、このあと、今後のうちらのより良好なおつきあいのためにも一杯やりまへんか？」

もちろん、こういうことは営業職としてはよくあることですが、正直、このとき私はあまり気が進みませんでした。

いやまあ、今回特にそんなことが言える立場じゃないんですが、相手の店長さんがあまりにもキモくて……おそらくまだ四十前だろうに頭は見事に禿げあがり、体形は脂肪たっぷりにでっぷりと太り……そして何より、私のことを見る目がもう下心ありありっていう感じで、話してる間もずっと舐め回すような視線を送ってきて……。

もう完全に視姦されてる気分で、全身に悪寒が走りまくりでした。

でも、当然、私に拒否権などこれっぽっちも存在しません。

「あ、はい、それはもう喜んで」

そう答えるしかありませんでした。

スーパーの営業時間が終わった夜の九時すぎ、私は店長さんに、行きつけだという居酒屋に連れていかれました。

店内はそれほど込んではいないというのに、店長さんはカウンター席を希望し、私たちは並んで飲み始めました。

そして、もう最初から店長さんはぐいぐい来っぱなし……体は密着状態で、顔を思いっきり近寄せて話してきます。もうその口臭のひどいことといったら！　私は顔を歪ませずに話に相槌を打つのにほんと、一苦労でした。

しかも店長さん、めちゃくちゃお酒が強くて、私も決して弱いほうじゃないんだけど、その差は歴然、間もなく私が介抱されるような形になってしまいました。

「あんた、ひどい酔っぱらってまんなあ。こんなんじゃまともに帰られまへんでしょ？　ちょっとその辺で休んでいきまひょ」

ぐったりして力の入らなくなった体を抱きかかえられながら、私は否応もなく店長さんにお店から連れ出されてしまいました。

そして、そのまま問答無用でホテルへ。

とうとうホテルの部屋まで連れ込まれてしまった私でしたが、ようやく少し酔いも醒めて気を取り直し、なんとか抵抗を試みました。

「あ、あの、店長さん、こういうのはやっぱりまずいと、思うんです。奥さんにも悪いし……」

「あ、かめへん、かめへん！　わし、独身やし。全然心配いらへんよ！」

「で、でも……私は結婚してて……」

突然、店長さんの目がギラリと怖い光を帯びました。

「なんや、イヤやっちゅうんかい！　そんなら、もうオタクはんとの今後の取引はなしや！　それどころか今回のことマスコミにぶちまけて、オタクの会社の信用めちゃくちゃにしたるわ！　それでもええの？　んっ？」

完全な恫喝。

でも、こうなるともう、私には逆らうことはできませんでした。

このスーパーとうちの会社の取引額は決して小さいものではなく、もしそれがご破算になってしまったりしたら、私に対する会社の処遇もおそらく生やさしいものではないでしょう。

「そうそう、聞き分けがいいのが一番や。悪いようにはせえへんで」

私がすべてを受け入れたのを察した店長さんは、とびきりのいやらしい笑みでそう言いました。

観念した私は、とりあえずせめてシャワーを浴びさせてもらおうとしたのですが、認めてもらえませんでした。

「そんなん、あんたのナマの匂いが台無しになってまうがな。あかん、あかん！　わしは、今日一日必死で汗かきまくった、そのまんまのあんたを味わいたいんや」

そう言って、店長さんはベッドの上で問答無用で私の服を剝ぎ取り始めました。

それって、私のほうも向こうの今日一日で分泌したアレコレの悪臭にさらされるということで……ああ、神様ぁ！

あっという間に私は全裸に剝かれ、その姿を舌なめずりしながら見やりながら、店長さんも自分で服を脱ぎ始めました。

そして現れたその肉体は、世間でよくいうところの〝着やせする〟という言葉をまさに究極的に体現しているのではないかと思うくらい、着衣時に感じた太り具合をはるかに凌駕する、醜い肥満っぷりに満ち溢れていました。それはもう映画『スター・○ォーズ』に出てきた悪の元締めのエイリアンもかくやというくらい……。

そして、その嫌悪感の塊のような肉体をブルブルと震わせて店長さんは私にのしかかってきました。えも言われず奇怪な弾力感に押しひしゃげられ、私の肉体が悲鳴をあげます。

でも、そんなことお構いなしに店長さんは私の唇に、本当に〝ぶちゅう〟と高らかに音を立てながら強烈なキスを見舞ってきました。そしてベロベロと私の顔中を舐め回して……く、くさい！　し、死ぬぅ……！

そう言って押しやりたかったけど、もちろんできるわけもありません。

私はひたすらその口撃に耐え、そうしているとようやく店長さんの顔は下のほうに下がっていき、私のカラダ中を舐めむさぼり始めました。

すると、私は自分のカラダの思わぬ反応に、ちょっとうろたえてしまいました。

それというのも、店長さんの舌戯は思いのほか巧みで、すごく気持ちよかったんです。私の乳首に舌をからませると、ヌルヌルと這いずり回る感触と、時折カリッと噛んでくる鋭い刺激が絶妙に交じり合って快感を煽り、腋の下からおへそと普段、ダンナがあまり可愛がってくれない部分も濃厚に舐め上げて不意打ちのような悦びを与えてくれて……さらにアナルからアソコにかけてを執拗にねぶり立ててくるエクスタシーときたら、マジ蕩けるような心地だったんです。

「んあ、ああ……はぁ、あぁん……」

　さっきまでの嫌悪感もどこへやら、悶えまくる私に、店長さんは、

「ふふ、えろう感じてるみたいやないか。ほんなら次はお互いのを舐め合いっこしようやないか」

　と言い、今度は自分が仰向けに寝そべると、その上に私が乗る格好でシックスナイン・プレイへとなだれ込みました。

　正直、店長さんのペニスは口臭以上に強烈に匂ったけど、もう相当昂ぶってしまっている私にはあまり気になりませんでした。

　それよりも、想像以上にビッグなその大きさと、カチカチの硬さになんだかもううっとりしてしまって、無我夢中でしゃぶりまくってしまったんです！

「んじゅ、んぶ……ぐふ、ぶじゅう……」

「ああ……ええで、ええで、ごっつうキモチええでぇ……あんた、上手やなあ。わしももうたまらんようなってきたわあ！」

　店長さんはそう呻くと、次の瞬間、私の体を軽々と持ち上げ反転させると、騎乗位の格好で下からズブズブとペニスを突き入れてきました。

「あひっ、あ、ああっ、はあぁぁっ！」

　そのど迫力の挿入感に一瞬たじろいだ私でしたが、すぐに突き上げてくる快感の嵐

に身をゆだね、逆に自ら腰を振り立ててむさぼり始めていました。

「おおう、締まる、締まるぅ……あかん、もう、いくぅ……！」

「ああん、わ、私もぉ……はう、イク……イクのおっ！」

一気に双方にクライマックスが押し寄せ、私は噴水のように盛大に下から噴き上げ、注ぎ込まれる熱い奔流を受け止めながら、全身をエビ反らせて絶頂に達してしまっていました。

「ふう、あんた、ほんまによかったでぇ！　できればこれからのお互いのいい関係のためにも、またこうやってお手合わせしたいもんやなあ」

ベッドに寝そべってタバコを吹かしながらそう言う店長さんに向かって、

「ええ、望むところですわ。よりウインーウインの関係になるためにも、こちらこそよろしくお願いいたします」

私はそう応えて、これから関西出張の機会を増やさなきゃなあ、と思ったのでした。

■久しぶりに味わうたくましい男根の圧力に、私は思わず大声をあげヨガってしまい……

ポスティング中の私を見舞った白昼の悦楽遊戯

投稿者 設楽友里恵（仮名）／30歳／ポスティング

夫がいきなり会社をリストラされてしまいました。それも退職金はわずか給料一ヶ月分という有様です。それまで一応専業主婦だった私ですが、こうなるとそんなことも言ってられません。

「まあ会社都合だから失業保険もすぐ出るし、俺はこの際、自分にあった仕事をじっくり探すよ」

とまあ、当の夫のほうはいたって呑気なのが、なんだか私、すごいストレス……。とにかく、少しでも家計の足しにしようと、とりあえず手近で求人のあったポスティングの仕事をすることにしました。

配布物のある日、その都度、事務所に行って、自分の受け持ち区域を割り振られ、一軒一軒の家のポストにチラシやパンフレットを配って回ります。エントランスに集合ポストのあるマンションならラクだけど、それがないとなると一階、一階上がっては各戸の玄関ポストに入れて回らないといけないので、かなり大変です。

でも、何回か仕事をやっているうちにだんだんと慣れてコツも摑めてきて、だいぶ要領よく仕事をこなせるようになってきました。

ところが、そんなある日……！

ある一戸建ての家のポストにその日の配布物を入れた瞬間でした。

「こらあっ！　誰に断ってそんなもの勝手に入れてるんだあっ！」

ものすごい怒鳴り声がして、いきなり開いた玄関ドアのほうを見ると鬼のような形相の初老の男性が立っていました。年の頃はおそらく六十歳すぎくらい。髪は総白髪ですが、大柄でとても屈強そうな体つきをしていました。

「す、すみません……すぐに回収しますので……」

私は慌ててポストの裏ぶたを開けようとしましたが、鍵がかかっていてそれもできず。うろたえていると、つかつかと男性が歩み寄ってきて、がっと私の腕を摑むと家のほうへと引っ張っていこうとしました。

「え、あ、あの、いったい何を……？」

「うるさい！　おまえの会社に文句言ってやるから、こっちに来ておまえから携帯で電話しろ！」

ああ、そんなトラブルはごめんです。

私は家の中に引き入れられながら、必死で謝り訴えていました。

「ほ、本当に申し訳ありません。お気を悪くされたのなら謝りますので、どうか穏便に……お願いします！」

ポスティングは、家の人にいらないと言われたら、速やかに回収しなければなりません。向こうに受け取る義理は何もありませんから。

「だめだ！　俺は今までもう何回も勝手に妙なものをポストに入れないように文句言ってきてるんだ。それなのに全然解消されない……もう堪忍袋の緒が切れた！」

いや、そんなの私は知りませんって……！

「あ、あの、穏便に済ませてくださったら、なんでもいうこと聞きますから！」

私は苦し紛れに思わずそんなことを口走ってしまいました。

と、向こうはそれを聞き流すことなく、ピクリと反応して……、

「ん？　なんでも？　いうこと……聞く？　ほんとか？」

一瞬しまったと思いましたが、時もうすでに遅しです。

男性は私の体を壁際に押しやって、壁ドン体勢で私の退路を断つと、言いました。

「女房と離婚してから一年、もうずっと女とは縁がないけど、あんた、けっこういい

カラダしてるなあ。このカラダを俺の好きにさせてくれるんなら、勘弁してやってもいいぞ。ん？」

「え、そ、それは……そこまではさすがにちょっと……」

「なんだ、さっきなんでもいうこと聞くって言ったじゃないか！　この上、ウソまでつこうっていうのか！　もう絶対に許せん！」

「ああっ、すみません！　聞きます、聞きます！　本当になんでも！」

火に油を注ぐとはまさにこのことです。さらに怒りまくってしまった相手をなだめるべく、私はとうとう自ら念押しするように言ってしまいました。

すると、ようやく男性は満足そうに頷くと、私の腕を引っ張って居間らしきところに連れていきました。そして、私を床にひざまずかせると、その前に仁王立ちになってズボンを下ろし、自分のペニスを突きつけてきました。

「あんた、運がよかったな。俺はさっき日課の筋トレを終えて、シャワーを浴びてスッキリしたばかりだ。チ○ポもきれいだぞ。さあ、しゃぶってもらおうか」

「は、はい……」

もうここまできたら観念するしかありません。私はそれに手を添えると、亀頭をちゅぷりと唇に含み、ゆっくりと顔を動かしてフェラを始めました。すると男性はそうされながら自分で服を脱いで上半身裸になっていき、見事な筋肉質の肉体が現れました。ひょろりと痩せ細ったうちの夫とは大違いです。そのたくましい肉体をうっとりと見上げながらしゃぶっていると、次第に熱がこもってしまいどんどんフェラも激しくなって……するとそれに応えるかのように男性のそれも硬くいきり立ってきました。

ああ、軽く夫の一・五倍はありそうな圧倒的存在感です。

「ああ、いいぞ、いいしゃぶりっぷりだ……あんた、実は相当、飢えてたんじゃないのか？　チ〇ポ美味しいって顔に書いてあるぞ」

いやまあ、図星です。

夫はリストラされてからこっち、気分が乗らないのか、もう二ヶ月以上も私のカラダに触れようとはしません。正直、生活のストレスに加えてそんな欲求不満もあって、私は心身ともに悶々としていたんです。

私は答える代わりに、男性を上目づかいに見上げたましゃぶりながら、自分でシャツのボタンを外して前をはだけ、ブラも外すと乳首をクリクリとセルフ愛撫し始めました。……ああ、どんどん昂ぶってくるう！

「うおおっ、なんてエロいんだ！　オナニーしながらしゃぶられるなんて……ううっ、もうたまらなくなってきた……」

男性はそう口走ると、ちゅぽんと私の口からそれを抜き出し、私の体を床に押し倒してきました。そしてがばっと覆いかぶさると、慌ただしく私の下半身を剥いて、露わになったアソコに硬い昂ぶりを打ち込んできました。

「あん、あひ……ひあああああっ！」

久しぶりに味わうたくましい男根の圧力に、私は思わず大声をあげヨガってしまいました。それはもうたまらなく気持ちよくて……。

「ううっ……はぁ、ひ、久しぶりのオマ○コォ……トロトロに熱くて気持ちいい～」

男性のほうもぐんぐん性感テンションが上がっていき、さらに激しくなったピストン運動の果てに、ドクドクとすごい勢いで射精してしまいました。

少し遅れて、私にもオーガズムが訪れ、あられもなく果てていました。

これでもちろん男性はクレームを入れることもなく、ことは穏便に収まりました。

その後も、その家の前を通るたびになんとなくアソコが湿ってしまう私なんです。

第二章

働く奥さんの淫乱日報

■四つん這いになったあたしのカラダを前から純也くんが、後ろから店長が……

いきなり3P！ 快感アクシデントに見舞われたあたし

投稿者 荒川静代（仮名）／29歳／パート

先月から地元のショッピングセンター内にあるレストランでウエイトレスのパート勤めを始めました。

するると、店長（三十四歳）がすっごい素敵な人で、あたしったらすぐに好きになっちゃって……自分から誘って、あっという間にそういう関係になっちゃいました。

つい先週も、お店の営業の終わった午後八時すぎ、他のスタッフが帰ったあと（…と、思っていたんですが…？）、あたしと店長はホールの長ソファでいたし始めてしまいました。だって、お互いに家庭を持つ身ですから、こういう時間しか愛し合えるチャンスがないんだもの。

あたしはいつもどおり、ソファに寝そべった店長のシャツのボタンを外していき、前をはだけると意外にピンク色の小粒な乳首に愛撫を始めました。

最初は指でくりくりと軽めにいじくって、それに反応してちょっと立ってきたとこ

ろで、爪を立ててカリッ、カリッと弾いてあげます。すると、そのたびに上半身をぴくぴくと震わせて、

「あっ、くぅ……んんっ……」

店長ったらせつない声で喘ぐんです。

その声がもう最高に可愛くて、あたしのハートはがぜんムラムラ！

たまらなくなってぷちゅうと唇に含むと、ちゅうちゅう、かりかりと、舌と歯を使ってさらに責め立てちゃいます。

「ああ、いいよ、しずちゃん（二人の間だけのあたしの呼び名です）……」

その喘ぎの高まりを確認しつつ、そろそろと手を伸ばしてズボンの上から彼の股間をまさぐってみると、もう布地を突き破らんばかりにビンビンに昂ぶってて、あたしはもう生唾ごっくん！　そのまま体を下のほうにずらしていき、ズボンのベルトを外して中からオチン〇ンを取り出し、ぱっくんしようとしました。

と、そのとき、思いもよらない事態が起こったんです。

なんと、ホールの隅から誰かが姿を現し、つかつかとこちらのほうに歩み寄ってきて……！

それは、アルバイトの純也くんでした。まあアルバイトといっても、もう勤続四年

目、二十六歳のベテランで、あたしなんかよりよっぽどお店にとってなくてはならない存在ですが。

いや、それはまあいいとして、なんで今こんなときに純也くんがいるの？　と、あたしも店長ももう大混乱！　すると、そんなあたしたちのうろたえぶりをあざ笑うかのように純也くんが言いました。

「やっぱり、こんなことだと思ってた。前から二人の間の雰囲気が怪しいなあって。そんで今日はこっそり探ってみようと思ったら……案の定、こういうことだったわけですね。ほんと、隅に置けないなあ～」

さすがにあたしたちも、こんな現場を押さえられた日にはぐうの音も出ません。

「だから何？　純也くん、どうしようっていうの？」

「そう、そうだ、皆にばらそうとでもいうのか？」

必死に平静を装いながら二人してそう言うと、彼の答えは、

「やだなあ、そんな野暮なことしませんよ。ただ、こういうのはうらやましいなあって思っただけで……ねえ、僕も仲間に入れてくれませんか？」

というものでした。

「は、はあ……？　おまえ、何言って……？」

店長はかなりびびっているようでしたが、あたしとしては、密かに純也くんのことも悪くないなって思ってたものだから、意外にちょっとときめいてしまいました。

結局、

「それこそ、皆が共犯者になれば、秘密が漏れることもないでしょ？」

という、いたって理屈の通った純也くんの言葉に、店長も納得するしかありませんでした。

一応、皆のコンセンサスがとれたということで、純也くんも服を脱ぎ始めました。当然、彼の肉体を見るのなんて初めてでしたが、中・高と体操をやっていたというだけあって、さすが見事な筋肉を維持していて、思わずうっとりしてしまいました。

「じゃあ、静代さん、店長のをしゃぶりながらでいいから、僕のコレも手でしごいてもらっていいですか？」

純也くんはそう言いながら、すでに七割がた立ち上がっているペニスを突き出してきました。それはその時点で、はるかに店長のモノを凌駕する大きさを誇っていて、あたしは正直、純也くんのを舐めたかったのだけど、まあそういうわけにもいきません。店長のを咥えてじゅぼじゅぼとしゃぶりながら、純也くんのモノを摑むと、亀頭のくびれをこねるようにしながら、しごき始めました。

「ああ、静代さん、イイ感じですよ……」

純也くんはそう言いながら、あたしの体に手を伸ばし、しごかれながら服を脱がしてきました。そして、ブラも外されてパンティだけの格好になったところに、純也くんの手が忍び寄り、たぷたぷと乳房をいじりながら、パンティ越しにアソコをぐじゅぐじゅと刺激してくるんです。

「はふ……んん、あぶぅ……ぐふぅ……」

口の中を店長のモノで満たしながら、あたしは思わず喜悦の声をあげてしまいます。もちろん、純也くんのソレもあたしの手の中で、見る見る硬く大きく凄みを増していって……やけどしそうな熱さでドクドクと脈打っています。

すると、あたしにしゃぶられながらその様子を見ていた店長も、さっきまでの狼狽はどこへやら、がぜん興奮してきてしまったようで、

「ああ、なんかもうガマンできない……しずちゃん、俺、入れるよ！」

そう言うと、立ち上がって全裸になり、あたしの背後に回り込んでパンティを脱がし、バックからズドンと突っ込んできました。

「は、ああ……っ、くはぁ！」

そこへすかさず、空いたあたしの口めがけて純也くんのモノが突き入れられてきま

した。四つん這いになったあたしのカラダを、前から純也くんが、後ろから店長が貫いて串刺しにされてしまってるような有様です。

さすがのあたしもこんなのは初めて！　言いようのない被虐感に、際限なく性感が昂ぶっていってしまいました。

「ん、んぐふ……ふぅ、ぐぬふぅ……！」

二人の激しいピストンが容赦なくあたしの全身を揺さぶり、電流のような快感がカラダの中を走り抜けます。

すると、いつも同様（笑）、あっという間に切羽詰まってしまった店長が、

「ああっ、も、もう……イクッ！」

そう呻くと、びくびくっと体を震わせて熱い放出をあたしの中に注ぎ込んできました。いつものあたしなら、

（あ～あ、もうちょっとがんばってほしかったのにい～）

と、不満たらたらですが、今日は安心！　なんたってまだ純也くんがいるんです！　っていうか、こっからが本番でしょう！

すっかり脱力してしまった店長を尻目に、いよいよ純也くんがあたしにのしかかってきました。そして、正常位でずぶずぶとあたしのアソコにぶっといモノを突き入れ

てきて……そのものすごい圧迫感ときたら……！

「んあっ、はあっ……ああ、純也くん、すごぉい……！」

「はぁ、はぁ……静代さんのココもすっごく具合いいですよぉ、やっぱりこなれた人妻のマ○コはいい味出てるな～」

純也くんの挿入ピストンは、そのマッチョな体を活かしたかのように軽々とリズミカルで、あたしは踊るような心地よさで翻弄されてしまいます。

そして、いよいよクライマックスが迫ってきました。

「あ、はあ、イク……もう、イ、イクの～～～っ！」

「はあ、静代さん、僕も……な、中で出していいですか？」

「うん……思いっきり、いっぱい出して～～っ！」

あたしは彼の腰を両脚でぎゅ～っと締めつけながら、自分からもぐいぐいと腰を押しつけ、より深く咥え込んでいきました。

「ううっ……で、出るっ……！」

「あ、あ、あ……イ、イク～～～～ッ！」

次の瞬間、純也くんはドクドクとあたしの中に大量の精を流し込み、さっきの店長のそれと混じり合って、胎内がいっぱいいっぱいになるのを実感しながら、あたしもイキまくってしまったのでした。

その様子を見ていた店長、やはり、あたしの感じ方がいつもの自分とのエッチのときとは、比べものにならないくらい激しかったことがわかったのでしょう、ちょっと不機嫌そうな顔をしながらも、プレイ自体には満足したみたいで、

「まあ、3Pっていうのもたまにはいいもんだな」

と、次の三人の予定を聞いていました。

これからまた、魅惑の共犯関係が楽しめるかと思うと、あたしはとってもワクワクしちゃうのです！

■絶頂まぎわの薄れそうになる意識の中、さらに多くのお客さんの姿が目の前を……

コンビニのガラスケース裏の密かな異常快楽に溺れて

投稿者 西岡真奈美（仮名）／32歳／自営業

人には言えない私のド変態な性癖、聞いてもらえますか？

私の家は、コンビニエンスストアのフランチャイズ店を経営しています。夫が店長で、私が副店長という感じで、他にアルバイトを三〜四人雇って切り盛りしています。立地がまあまあの繁華街なので店は常に忙しく、どんなに工夫してシフトを組んでも皆が満足に休憩時間をとれることは、そうそうありません。ランチ休憩にしても、せいぜい二十分というところでしょうか。

でも、私の場合、その貴重な二十分をランチなんかに使ってる場合じゃありません。日々、ちょうどお昼すぎぐらいに食品の配送のトラックが工場からやってくるのですが、そのドライバーのNくんと私、イケナイ関係にあるのです。

もちろん、毎日というわけにはいきませんが、そう、だいたい一〜二週間に一回くらいの割合で愛し合っています。そして、当然お互いに時間に制限があるわけですから、その逢瀬も一秒を争う大変さ。

で、どうしてるかって？

ご存じの方もいるとは思いますが、コンビニの飲料品が入ってる陳列ケースって取り出すのはもちろん表のほうからですが、補充するのって裏側のほうからなんですね。たまにガラスケース越しに、奥のほうで品物を補充してる店員と目があったりして、ちょっとドキッとしたりしたこと、ありませんか？

そう、あの陳列ケース裏でイケナイ逢瀬を楽しんじゃってる私たちなのです。

バックヤードに飲料品を運び込んだNくんが、陳列ケース裏のエリアに入って商品を補充していくわけですが、私もこっそりとそのあとについていきます。そして、全部を脱ぐわけにはいきませんが、エッチなことをしやすいようにコンビニの制服の前をはだけ、中のブラを外して作業をしているカレの背後からまとわりつきます。そして、細マッチョな彼の体をまさぐり回して反応してくるのを待つのです。

基本、暗い中、私は彼の背後のほうにいるので、ガラスケースの表側からお客さんに見つかることはまずありませんが、それでも万に一つ、見つかってしまうことがないとも限りません。

う～ん……そう、そのギリギリのやばい感じにたまらなく興奮してしまうのです。

裸の胸をNくんの背中にこすりつけながら、手を前のほうに回して彼の股間をまさぐり回して……あ、ほら、どんどん硬く大きくなってきた。よ〜し、ズボンの中から取り出しちゃおう！

「あ、だ、だめですよ、見られちゃうかも……！」

そう言って、ちょっとうろたえるNくんにはおかまいなしにズボンのジッパーを下げてオチン○ンを取り出して。ゴシュゴシュとしごいてあげます。ほら、もうギンギンになっちゃった！

「あふん……私のも触って……」

私はそう言って、彼の耳朶に熱い息を吹きかけながらオネダリし、彼のほうも器用に商品を棚に補充しながら手をこっちのほうに回して、乳房に触ってくれます。暗がりの中、ガラスケースの向こう側の店内の明かりにうっすらと照らされながら、揉まれ、乳首をこね回されると、えも言われぬ快感がこみ上げてくるのです。

「あ、ああん……んふぅ……」

私は精いっぱい声を抑えて喘ぎながら、さらに手を深く潜り込ませて、彼のタマタマもコロコロと転がし可愛がってあげます。すると、さらにオチン○ンが硬くいきり立って、先端からだらだらと透明な汁が滲み出てくるのです。

「あうう、くぅ……んんっ……」

彼はさらにそう言って息を荒げながら、手を乳房から移動させ、私のスカートをまくり上げてパンティの中に潜り込ませると、オマ○コをいじくり始めました。そこはもうとっくに濡れそぼっていて、彼の指が蠢くたびに、くちゅ、ぬちゅ、じゅぶ……とイヤラシイ音を立ててしまうのです。

「ああん、いいわぁ……とっても……」

私はもう、彼のオチン○ンを入れてほしくてたまりません。

「ねえ、おねがい、入れて……」

息を喘がせながらそう囁くと、彼のほうもそれに応えてくるりと体の向きをこちら側に変えてくれました。ちょうど彼がガラスケースの向こうの店内側に背を向け、私が彼の背中越しに店内側を覗いている格好です。

そして、しっかりと私のカラダを抱きしめると、自分のオチン○ンに手を添えて狙いをすまし、ぐぷぐぷと私のオマ○コの中にソレを沈めてきました。

「あ、はあ……ぁ……」

私は待ちに待ったその力感にうっとりと陶酔し、自分でも腰をくいくいと動かして挿入感をより深く味わおうと必死でした。

と、まさにその瞬間、ガラスケースの向こうの店内側から飲料を取り出そうとするお客さんの顔が目に飛び込んできました。

一瞬、遂に見つかってしまったかとド肝を抜きましたが、どうやら私の顔はほとんどNくんの背中に隠れて見えなかったようで、気づかれることはなかったようです。まさに間一髪という感じでしたが、そのスリリングさがますます私の性感に火をつけてしまい、快感度がまたさらに急上昇！　私は彼の背中の服に爪を立ててしがみつきながら、閉じた目の裏側でいくつもの快感の火花が炸裂するのを見ていました。

「はっ、はっ、はっ……も、もう……イキそう……」

「あ、ああ……ぼ、僕も……」

彼の突き入れがさらに激しく速くなり、オチン○ンが私の子宮に届かんばかりの勢いで責め立ててきます。

絶頂まぎわの薄れそうになる意識の中、さらに多くのお客さんの姿が目の前を通り過ぎていき、そんな中でこんなことをしていることの背徳感たるや、それはもうなんだか常軌を逸していて……私はこれ以上ないほどの興奮を爆発させながら、何度も何度もイってしまったのでした。

「あ、ああ、僕も、もう……！」

Nくんがそう呻いた瞬間、私はとっさに屈み込んでオチン○ンを咥え込むと、彼の射精をゴクゴクと飲み下していました。だって、床が汚れたらイヤですもの。

そしてまさにそのとき、私の二十分間の休憩時間が終わりを告げ、Nくんは、

「ありがとうございましたーっ」

と言って、去っていきました。

当然、ランチは食いっぱぐれてお腹はペコペコだけど、性欲は満たされてアソコはパンパンだから、まあよしとしましょう。

この露出感覚プレイの興奮から、当分抜け出せそうにない私なのです。

■彼女の豊満な乳房に、私の少し小ぶりな乳房が包み込まれるように押しつぶされ……

保険契約の条件は世にも淫らな女同士の快楽交歓

投稿者 柳瀬ゆりか（仮名）／26歳／生保レディ

夫が向こう一年間、他県への単身赴任となり、私もその間これまで同様専業主婦っていうわけにもいかないと思い、短大時代の友人の紹介で生命保険の営業をやってみることになりました。

最初は先輩生保レディについて見習いという形で見聞を広め、実地を積み、そうやって一週間ほどが経ったところで、いよいよ自分一人で営業に回ることに。

とはいっても、さすがになんのツテもないところにいきなり飛び込み営業というのも不安すぎたので、知り合いのコネを使ってリサーチしてもらい、契約してもいいと言ってくれている、ある主婦の方を紹介してもらって行くことにしました。

とても天気のいい、ある昼下がり、私は教えられた住所へと向かい、とても立派なお屋敷の前に立っていました。どうやらすごいお金持ちのようです。

（うわ～、緊張するな～……でも、ここまできたら行くしかないよね！）

私は自分を叱咤して、玄関の呼び鈴を鳴らしました。

すると、それに応えて出てきたのは、四十歳くらいのとてもきれいでグラマラスな、セレブ感あふれる奥様でした。

「ああ、柳瀬さんね。吉岡さんから聞いてるわ。どうぞ入ってくださいな」

その語り口調も、思わずひれ伏してしまいそうな優雅な威圧感に満ちていて、私は完全に圧倒されてしまっていました。

豪華な調度に囲まれた広いリビングに通され、いかにも高そうなティーカップで紅茶を出してもらいながら、私はそれに口をつけるような余裕もなく、必死で用意してきた保険プランの説明を始めました。彼女はそれをうっすらと唇に笑みを浮かべながら聞いていています。

そして、ようやく一通り説明の終わったところで、私は、

「いかがでしょうか？　ここまで手厚いケアのついた保険はそうそうないかと思いますが……」

と、上目づかいに見やりながら、彼女に訊ねました。すると、

「そうねえ、保険はもう他にもたくさん入ってるけど……まあ、入ってあげないこともないかしら？」

そう彼女は言って、なんだか妙に艶然と微笑んだのです。

「本当ですか？　あ、ありがとうございます！」

いくらツテがあったとしても、そう簡単に契約は取れないだろうと思っていた私は、彼女の言葉に思わず舞い上がってしまいました。まさか、初めての個人営業で成果があげられるなんて……！

「ただし、条件があるわ」

「はあ、じょ、条件……ですか？」

突然の彼女の一言に、私は一瞬冷や水を浴びせられたような気持ちになりました。

（条件って……一体どんな無茶言われるんだろう？）

と、私が固く身構えてしまった、そのときでした。

彼女がいきなり思いがけない行動に出てきたのは！

つかつかと二人の間に置かれたガラステーブルを回り込んでくると、ソファの私の隣りにするりと座り入ってきて、なんとキスしてきたんです。

（え、え、え〜〜〜〜っ⁉）

びっくり仰天する私を尻目に、彼女はがっしりと手で抱え込んでくると、さらに唇を割って舌を差し入れてきて、口内をジュルジュルと吸い、舐め回してきました。もちろん、女性にこんなことをされるのは生まれて初めての私は、すっかりうろたえながらも、同時にその何とも言えない妖しい引力にうっとりと引き込まれてしまい……

でも、はっと気を取り直して、身を引き剝がすと言いました。

「な、何をなさるんです⁉　女同士でこんな……っ！」

「ふふふ、何をって……これが〝条件〟よ。私、こんなふうに何食わぬ顔でお金持ちの奥様に収まってるけど、本当は女性のほうが好きなの。隠れレズビアンってやつね。で、あなたのこと、一目見るなり気に入っちゃった。だから、私といいことしてくれたら、保険の契約結んであげてもいいなって」

なるほど、そういうことですか。

さあ、どうする、私⁉

いや、どうするもこうするもないでしょ！

かなりの大口のこの契約、取らないという選択は基本的にあり得ず……それに、さっき味わったあの、えも言われぬ陶酔感をもう一度体験してみたいという密かな欲求が、私の中に芽生えてしまっていたんです。

「わかりました。本当に契約してくださるのなら……」

私はとうとうそう答え、彼女はとても嬉しそうに頷きました。

そして、私の服を脱がせ始めました。

続けて私を全裸にすると、自分でも服を脱ぎ始めて。

もう一度、熱いキスを交わしました。彼女の濃厚で強烈な吸引に応えるように、私も思いっきり向こうの舌を吸って……二人の唾液がだらだらと溢れ、淫らに混じり合って、お互いの顎を伝い、喉を滴って鎖骨から胸元へと流れ落ちていきます。そして、それをもう一度掻き回すかのように、二人の胸がにちゃりとくっつき、よじり合うようにぐちゃぐちゃと淫靡な音を立てながら蠢き合って……。

「は、あぁ……あん、んんっ……」

彼女の豊満な乳房に、私の少し小ぶりな乳房が包み込まれるように押しつぶされ、こね回されて、その生温かな快感に、思わず声がこぼれてしまいました。

「ああ、やっぱり若いっていいわぁ……あなたの肌、とてもきめ細やかでスベスベしてて、みっちりと吸いついてくるようだわぁ……ステキ!」

彼女も感極まったかのようにそう言うと、そのまま私の体をソファに押し倒してきて、上から覆いかぶさりました。そして、今度は私の胸を唇と、舌と歯で愛撫してきて……ハムハム、ペロペロチュウチュウ、カリカリ……と、魅惑のカイカンの波状攻撃にさらされて、気持ちよすぎてもうおかしくなってしまいそうでした。

「んはぁ、あん、あ、ああ、お、奥さん……」

「だめ、ケイコって呼んで！　ね、ほら、私のオッパイも吸ってぇ！」

彼女にそう乞われ、今度は言われたとおり、私のほうが一生懸命、彼女の乳房と乳首に愛撫を加えて、向こうも思いっきり感じてくれました。

それから私は彼女にリードされるままに、お互いの股間を交差させてにっちゃりと性器を接し合わせると、腰をくいくいと動かしながら食い込ませていきました。びちゃびちゃ、ぬちゃぬちゃと、もうこの世のものとは思えないほど淫靡すぎる音がリビング内に響き渡り、今や私のほうも我を忘れて、この女同士の底なし沼のような快感地獄にハマり込み、喘ぎまくっていました。

たっぷり二時間はそうやって愛し合っていたでしょうか。

お互いに何度も絶頂に達し、すっかり満足し合った末に、正式に保険契約を結び、私は彼女の家をあとにしたのです。

その後も月に一度は、お得意様へのご機嫌伺いという形で彼女宅にお邪魔し、そのたびに愛し合っている私たちなんです。

■乳首を強烈に吸われながら、股間の秘肉をまさぐられ指を抜き差しされると……

暗い夜道で私を襲った衝撃のレイプ・エクスタシー

投稿者 青木佳代（仮名）／33歳／OL

ぜんぶ私が悪かったのだ。

いつもの通い慣れた道だからという油断と惰性から、あんな時間にあんなところを一人で歩いてしまうなんて、まるで襲ってくれといわんばかりの愚行だったのだ。あ あ、悔やんでも悔やみきれない……。

その日、私は転勤していく同僚の送別会に参加し、自宅のある地元駅に帰ってきたときには夜の十一時を回っていた。もうバスはなく、タクシーを捕まえようにもけっこうな田舎なので、駅前には人通りと同様、車などまったく見当たらない。もう歩いて家まで帰るしかないが、街灯が多くて明るい比較的安全な帰宅ルートを使うと実に一時間近くかかってしまう。それなりにアルコールも入って体もだるいのもあって、さすがにそんなのは勘弁だ。

私は結局、暗くて人通りもほとんどない不気味な道程だが、急げば所要時間三十分弱で済むルートを選んでしまったのだった。

　歩き始めておよそ二十分弱が経った。駅と自宅のある住宅街との中間あたり……いわば一番の死角ともいえる、まったく人気のないエリアに足を踏み入れた。今はもう使われていない廃工場が黒々とたたずみ、街灯はほんのわずかで、もう物騒なことこの上ない。しかし、ここを通り過ぎれば、夫と子供の待つ自宅ゴールまで、あともうわずかだ。自ずと私は急ぎ足になる。

　が、そのとき、突然の衝撃が私を襲った。

　背後から何かがドン！　とぶつかり、そのまま恐ろしい力で私を抱きすくめると、ズルズルと廃工場の建物の中へと引っ張っていこうとするのだ。私は突然の恐怖の中、それでも必死で体をジタバタと動かして抵抗を試みた……が、相手はまったく動ずる気配がない。私の口を分厚くごつい手でしっかりと塞いで声を封じながら、易々と建物の中へと引きずり込んでしまったのだ。

　恐怖に張り裂けそうな思いで、それでも一生懸命首をひねって相手の顔を確認しようとするのだが、それも叶わない。

　目的は強盗？　それなら、持ち金ぜんぶあげるから、勘弁してほしい。

　でも、もしそうじゃなかったら……？

　ぐるぐると頭の中で渦巻く恐ろしい逡巡に、吐き気さえ覚えそうになっていたとき、私は床に敷かれたボロボロの毛布の上に押し倒されていた。

　そしてそこへ相手が覆いかぶさってきて……入口の外からうっすらと射し込む街灯の明かりを背にして、逆光になったその顔はやっぱりほとんど確認できない。でも、一つだけ、その体格がまるでプロレスラーのように巨大で屈強であることだけは、いやが上にも感じざるを得なかった。

　ああ、こんな誰もいないところで、こんな大男に襲われるなんて……もう、どれだけ抵抗しようが、どうしようもないんだ……。

　私の中を圧倒的な絶望感が満たしていった。

　そうすると、自ずと体中が脱力したようになってしまった。

　あ、やだ、涙がこぼれてきた……。

　そんな私の態度の変化を感じ取ったのだろう、相手の全身から発散されていた殺気のようなものも薄れて、ほんの気持ち、圧力が弱まったようだ。そして、私の口を塞いでいたその手は外された。まあ、どっちにせよ、どれだけ泣き叫ぼうが誰にも聞こえはしないのだが。

　そして結局、所持金を要求されるようなことはなく、その目的は自ずと限定されてしまった。相手は、はぁはぁと息を荒げながら、私の服を引きむしるようにして脱がせ始め、そうしながら私の喉元に唇を吸いつけてきたのだ。ベチョベチョと鎖骨の辺りをねぶり回され、その熱い唾液が発するえも言われず生臭い匂いが立ち昇り、私の鼻孔をついてくる。

ああ、やっぱり私、犯されるんだ……もちろん、レイプされるなんて体験は生まれて初めてだった。たまにその局面を想像しては、ひたすら戦慄したことこそあるが……でも、どういうわけだろう？　いざ、こうやって現実に襲われてみると、想像していた恐怖よりも、なぜか形容しがたい興奮が湧き上がってくるのだ。

「ん……っ、はぁ、ああ……」

剝き出しにされた乳房を武骨な手指で荒々しく揉みしだかれると、痛いはずなのに、それ以上の甘美な痺れのようなものを感じてしまって！

え、え、……一体私、どうしちゃったっていうの？　レイプされて悦んでる？

夫との夫婦関係だって良好で、不満なんて少しも感じてなかったのに……？

頭の中は大混乱、もうなんだか自分のことが信じられない。

でも、現実はさらにエスカレートして私を責め苛んでくる。

パンティも引き剝がされて、無防備にされた下半身に相手の指が襲いかかってきて、強引に両脚をこじ開けると、股間をぐいぐいと揉み込んできて……乳房とは比べものにならないくらいの性的ショックが炸裂した。

や、やだ、か、感じる……き、気持ちいいっ……！

私のカラダは密かにこうして犯されることをずっと待ち望み、今その機会を得て、どうしようもなく悦びむせているのだ！

もう、自分の真の欲求をだましとおすことはできなかった。

乳首を強烈に吸われながら、股間の秘肉をまさぐられ、ジュボジュボとあられもない湿音を立てて指を抜き差しされると、全身を貫く電流のような快感にのけ反り悶えまくってしまう自分がいる。

「ひあ、ああ、んあ……あ、ああう……」

「ああ、いい声で啼くじゃねえか……たまんねえな」

初めて相手の男が言葉を発した。意外にも有名声優を思わせるイイ声だった。

そして、向こうもズボンを下ろし、裸の下半身が私の太腿にからみついてきた。それは毛深くて、野獣のような男らしさに満ちていて……足ではない、別の熱い昂ぶりも己の存在を主張していた。もちろんその姿は見えないけど、感触で尋常ではない太さと硬さをたたえているのが、ひしひしと感じられた。

それが私の秘肉の入り口にあてがわれ、ニュプ、と柔肉を押し開いてきた。そして、ジュブジュブと濡れそぼった肉洞を掘り進んで侵入してきた。

「あ、あああっ……んひ！　んんんっくぅ……！」

はち切れんばかりの肉感が私の中いっぱいに満ちて、どうしようもない快感の大波が全身に打ち寄せてくる。

「おお、狭い……きゅうきゅう締めつけてくるぜ。いいマ○コだ……うっ……」

男は切羽詰まったような声でそう言うと、腰の押し引きを速め、深めて、さらに激しく私を追い込んでいった。

あ……だめだ、くる、くる……私ももう……！

「あ、ああ、くぅ……あああ～～～～！」

胎内で大量の熱いほとばしりを感じながら、私は果てていた。そして男が身づくろいをして去っていくのを、しばらく寝そべって見送ることしかできなかった。

肉体的には最高の快感、でも、精神的には最低に汚された気分でいっぱいだった。

ああ、なんで明るい道を帰らなかったのだろう？　後悔してももう遅い。

■彼は書類まとめ用の金属のクリップを取り上げると、私の両乳首を挟んできて……

夫のすぐそばで魔性の元カレとの被虐Hに溺れて！

投稿者 栗林美憂（仮名）／28歳／OL

私と夫は職場結婚でしたが、実はそのとき、ちょっとしたワケありで……私、当時こっそり夫とは別の人ともつきあってて、もちろん夫はそのことを知らなかったけど、向こうの男性との関係を清算した上で、晴れて結婚したというわけです。

その後、私は会社の決まりでそこを退社し、別の会社に就職して現在に至っていますが、夫とその男性……翔太は今も同僚の間柄です。

とまあ、なかなか微妙なバランスの三人の関係ですが、これまでは何事もなく平穏に過ごしてきました。

ところが、とうとうそのバランスが崩れる日が訪れてしまったんです。

一ヶ月ほど前のことでした。

夫の直属の部下の結婚式があり、二次会もさんざん盛り上がったらしく、もうへべれけに酔っぱらった夫が夜の十時頃帰ってきたのですが、なんとその体を支えながら連れ帰ってくれたのが、誰あろう、私の元カレの翔太だったんです。

「え……あ、ひ、久しぶり。ごめんね、うちの人がお世話かけちゃって」

結婚退社して以来（およそ二年ぶりです）、初めての再会がそんないきなりな形だったもので、けっこう焦りながら応対した私でしたが、翔太は前と変わらず魅力的な……いや、悪魔的なと言ってもいいほどの蠱惑的な笑みを浮かべながら言いました。

「やあ、元気そうじゃない。相変わらずエロい顔してるなあ……その底なしの淫乱マ○コ、ちゃんとダンナに可愛がってもらってるかい？」

夫は完全に泥酔していて、まったく聞こえてはいないようでしたが、私は翔太のあられもない物言いにあたふたすると同時に、どうしようもなく全身が熱くなってしまうのを感じていました。

そう、彼はこういう男だったのです。

女なら誰もが振り向くイケメンで、だから当然どうしようもない女たらしで、でもその本性は女を性の道具としか思っていない、とんでもないドSの人非人……。つきあっていた当時、私は彼に完全な淫乱M女として調教され、ただの快楽の奴隷扱いされていることをわかっていながらも、その魔性の魅力から逃れることができず……そんなとき、翔太とは真逆に生真面目な夫に求婚され、淫らに堕落しきった生活をリセットできるチャンスだと思い、それを受け入れたという次第なのです。

　でも正直、その後夫との性生活を送りながら、そのまっとうでノーマルなセックスがどうにも物足りなく感じられて、翔太との異常で爛れた……でも、魂が震えるような快楽を与えてくれる日々が恋しくて、悶々とした思いに喘いだときは一度や二度ではありませんでした。

「とりあえず、このダンナ、そのソファに寝かせてもいい？」

　彼は私の内心の昂ぶりを見透かし、まるで焦らすかのようにそう言ってきました。

「あ、う、うん……」

　私は慌ててそう答え、彼を手伝って夫の体を居間のソファに横たえました。

「ふ〜っ、疲れた。こいつ、けっこう重くってさ……あ、そんなこと、いつも上に乗っかられてるオマエなら、いやでも知ってるか？　まあいいや、水もらっていい？」

　例によって身もふたもない物言いに羞恥心を煽られながらも、私はそそくさと冷蔵庫のミネラルウォーターをコップに注いで持ってくると、ネクタイを緩めにかかっている彼に渡そうとしました。

　でも、彼はそれを受け取ろうとはせず、

「だめ。オマエの口移しじゃないと」

と言い、例の邪悪な笑みを、その顔いっぱいに浮かべたのです。

私はもう、完全に彼の魔法……淫靡な黒魔術にかかってしまっていました。

コップの水を口に含むと、そろそろと翔太の顔に近づけていって……すると彼は私の顎をぐいと摑んで引き寄せると、激しく口づけして口中の水をむさぼり飲んできました。私は唇を吸われながら、もうその荒々しくも甘美な感触にトロトロに蕩けてしまって……全身が脱力したようになってしまいました。

と、水を飲み干すと、彼は急に私のことをぽんと突き放して言いました。

「脱げよ、服全部。そこで素っ裸になってみろよ」

「え、ええっ？　だ、だって……主人がそこに……」

「はは、こんなにつぶれてて、ちょっとやそっとじゃ起きやしないって。それとも何、このまま何もしないで、俺、帰ってもいいの？」

そんなのイヤ……。

私の心は即答していました。もう完全にあの頃に戻って、彼の魔性の虜となってしまっていたのです。

そして、無言で立ち上がると服を脱ぎ始めました。

ブラもパンティも脱いで全裸になった私に彼は、

「相変わらず、すげーでっけぇ胸！　それでいて、感度もすげーいいんだよな、このオッパイ。ほら、こうしてやると……」

と、舌なめずりするように言いながら、私の両方の乳首をキュ～ッとつねりあげてきました。……痛い、でも、き、きもちいいっ！

「ふっふ、ほうら、こんなことされて感じてるんだろう？　ほんとオマエ、救いようのないドMの変態だよな～。あ～あ、でも疲れてきちゃったから、これ、使っちゃおうっと」

翔太はそう言うと、脇のカラーボックスの中にあった書類まとめ用の金属のクリップを取り上げ、それで私の両乳首を挟んできました。

「ひ、ひぃっ……うく、くぅぅっ……！」

その痛みはさっきの指の比ではなく、私は思わず悶絶してしまいました。

でも、同時にどうしようもなく興奮してしまって……アソコがジュンッと潤んでしまうのが自分でもわかりました。

「あ！　あ～あ、コイツ、こんなんで濡らしてやがんの！　ほんと、しょうがねえなあ、まったく！　ほら、じゃあお待ちかねのモノ、舐めさせてやるから、自分の手で脱がせてみな」

彼は私の前に立ちはだかり、私はひざまずくとそのズボンのベルトを外して下着ごと引き下ろしました。ああ、久しぶりの恋しいペニスが目の前に現れました。決して巨根というわけじゃないけど、私のアソコにすごくフィットする、相性抜群の形をしてるんです。

「おっと、ちゃんと舐めさせてくださいって言いな、礼儀正しく！」

「あ、お願いです……オチン○ン、どうか舐めさせてください……」

「うん、よかろう。ちゃんとタマの裏まで丁寧にな！　あ、でも手は使うなよ」

「は、はいぃ……」

私は金属のクリップの冷たい圧力でジンジンと痛む乳首を揺らしながら、言われたとおりに手を使わないで彼のペニスを口に含み、首を振り立てながらジュッポ、グッポと舐めしゃぶり始めました。ソレは私の口中でぐんぐんと大きくなってきます。

「ああ、最低に淫らでイイ顔してる……ほら、もっと気合い入れて舐めて！」

彼は気持ちよさげな声を出しつつも、サディスティックにクリップを指でピン、ピンと弾き、私により一層の刺激を送り込んできました。

「んはっ、ぐふ、んぶぅ……ぬぶぅっ……」

私はその痛みと快感がないまぜになった感覚に悶えながら、ひたすら一生懸命にペニスを、そしてタマタマを舐めしゃぶり、転がし……いつしかソレは完全勃起し、私のアソコにぴったりフィットの形状に実り育っていました。

「よし、じゃあそろそろ、お待ちかねのコイツをくれてやるよ。さあ、四つん這いになって、ケツをこっちに高く向けな！」

私は彼の分泌液と自分の唾液でだらだらになった口をペニスから外すと、喜び勇んで、言われたとおりの体勢になっていました。

そして、いよいよ待望の……恋い焦がれた衝撃が私の中に入り込んできて……それがガツン、ガツンと掘削を始めると、私はケダモノのようなヨガリ声を張り上げて悶え狂ってしまいました。

「ああああっ、はあっ……ひぃぃ、ひっ、あひっ、あん、あ、んああっ！」

「あ、ああ……やっぱりオマエのマ◯コ、最高にいいなぁ、くそ！」

そうやって、彼の負け惜しみじみたそんな声を聞きながら、私はあっという間に絶頂に突き上げられてしまいました。ただ、彼ときたら、その辺は妙に律儀にちゃんと外出ししてくれたりするところが、根は悪い人じゃないんですよね。

次は一体、いつ可愛がってくれるのかしら？

■賢人くんは、蒸気機関車のような武骨で力強い抜き差しで私の中心を何度も何度も……

アルバイト学生の若い欲望のたぎりをぶつけられたあの日

投稿者　岬由香（仮名）／34歳／自営業

夫婦で小さなカフェを営んでいるのですが、ある日、夫が急病で倒れてしまいました。幸い命に係わる病気ではなく、一ヶ月の入院療養で回復が見込めるということで、ホッと一安心というところでした。

でも、普段の生活費に加えて、こうなると入院費もかかるわけですから、店を閉めるわけにはいきません。かと言って私一人で切り盛りするのも難しく、せめて一番忙しいランチタイムのときだけということで、開店以来初めてアルバイトを雇うことにしました。

ちょうど知人の大学生の息子さんがバイト先を探していて、その彼に即決しました。賢人くんといって、二十一歳。俳優の三浦○馬を思わせるような、やさしげなイケメンで、人当たりも大変よく、すぐにお店の女性客の人気を集めてしまいました。

私ももちろん、大変好感を持っていましたが、自分が雇い主な上に、なんといっても一回りも年上なわけですから、それはそう真剣なものではなく、ただ毎日、彼のそばで働けるだけで気分がいいな、くらいの感じでいました。

ところが実は、向こうのほうはそうではなかったのです。

いよいよ夫が退院して、お店に復帰する日を明日に控え、もともと最初から一ヶ月間だけの短期でという話だった賢人くんのバイト期間の最後の日がやってきました。

普段、彼の勤務時間帯は十一時～十五時の昼間だけなのですが、その日は別に予定もないというので、閉店の夜八時までやってもらうことにしました。で、後片付け後にシャンパンでも開けて、ささやかながら彼のお別れ慰労会をやってあげたいな、と。

そして定刻、最後のお客さんが帰り、私と賢人くんは手分けして閉店の後片付けをし、私は明日のランチの仕込みを済ませてから、ようやく十時近くになって、お別れ慰労会が始められました。

テーブルの上には私のほんの心づくしの料理が並べられ、ちょっと奮発して買ってきたいいシャンパンを開けて、二人で乾杯しました。

「一ヶ月間、本当にどうもありがとう！　賢人くんのおかげで助かったわ！」

「いえいえ、僕なんか足手まといなだけで……」

「や～ね、何言ってんのよ！　本当にお疲れさまぁ！」

あれこれと話が弾んで、いい感じでアルコールが回ってくると、私たちの会話もより滑らかになっていきました。

「で、今つきあってる彼女とは、やっぱり結婚するつもりなの？」

「う～ん、ちょっと前まではそう思ってたんですけど、最近、なんか雲行きが怪しくなってきて……」

「え？　それってどういうこと？」

「その……向こうが僕のこと、不審に思ってきてるっていうか……自分のこと、好きじゃないんじゃないのって言い始めて……」

「へぇ、そりゃマズイじゃない。ちゃんと誤解を解いて彼女を安心させてあげないと。だって、向こうの何かの思い過ごしなんでしょ？」

私が、ちょっと調子よく、年上の先輩ふうにそう言うと、なんだか彼の様子が変わって、深刻そうな表情になって言いました。

「それが……どうやら思い過ごしじゃなさそうなんですよね」

「はぁ？」

そして、賢人くんはテーブル越しに体を前に乗り出してくると、突然私にキスしてきたのです。

「！　ちょ、ちょっと、賢人くん、いったい……⁉」

私がうろたえてそう言うと、彼はおもむろに立ち上がってこちらに歩み寄り、がっしりと抱きしめてきました。そして、言うのです。

「ぼ、僕、由香さんのことが、好きです！　あ、愛してるんです！」

ただでさえ少し酔っぱらってるのに、それに加えて彼の思いがけない言葉に、私の頭の中はグルグルの大パニック！　でも、必死で理性を取り戻して、

「な、何言ってんのよ！　私なんてこんなおばさんなのに、からかうのもいい加減にしてよ、まったく！」

と言ったのですが、それに対して彼はまるで逆上したように、

「お、おばさんなんかじゃない！　由香さんは僕にとって、最高の女性なんです……好きだ、好きだ、好きだ～～～っ！」

そう叫ぶと、さっきの比ではない、熱く燃えたぎるようなキスをぶつけてきました。むさぼるように私の口を吸いしゃぶり、舌を差し入れてくると口内中を舐め回し、私の舌にからめねぶり……そして同時に服の上から胸を揉みまさぐってくるのです。

「んあっ、あ、うぶ……だ、だめ、賢人くん、こんなことしちゃ……」

「はっ、はっ、は……ああ、由香さん、由香さん、由香さ～～～ん！」

昂ぶる一方の彼の攻勢を受け止めながら、口では必死で抗うものの、正直、私の内面……生身の女の部分はまるで違っていました。

なにしろ、もともと好意はあったのです。

さらにその上、私の肉体はもうずっと飢えていました。

夫は倒れる前から、やはり体調がすぐれない状態が続いていたものですから、セックスなどできるわけもなく、実はここ半年近く夫婦関係はナシ。私はときたま、どうにも悶々としてオナニーで火照りを鎮めていたという有様だったのです。

だから、賢人くんの決してマッチョではないけど、若々しく引き締まった男の体の熱さと圧力を一身に受けて、一気に溜まりに溜まった欲求不満が噴き出してしまいそうになっていたのです。

「ん、あ、だ、だめ……賢人くん、だめだったら……！」

でも、なんとかギリギリ、最後の理性のタガを保っていたのですが……、

「ああっ、由香さん……！」

彼がそう言ってピンクのセーターをまくり上げ、ブラに押し込まれた乳房の谷間に顔を突っ込んできたとき、とうとうそれも弾け飛んでしまいました。

「あ、あはぁ、賢人くん……あ、あたしも好きぃっ！」

そう叫んで自分からブラを取ってナマ乳房を露わにすると、彼の顔に押しつけてしまっていたのです。

「はむ、んぐ……ああ、由香さんのオッパイ……白くて、大きくて、とっても柔らかい！　はぁっ、美味しいよぉっ！」

賢人くんは狂ったように私の乳房を揉みまさぐり、舐めしゃぶり回し、乳首を食いちぎらんばかりに吸い上げてきました。

「あ、あはぁっ……は、はあ、んはぁっ！」

痛い！　痛いけど……その激しさがどうしようもなく気持ちいい！

私の飢えに飢えた女の肉体はとどまることなく燃え昂ぶってしまい、アソコもあっという間に熱い汁が漏れ溢れ、まるでそこにもう一つ心臓があるのじゃないかと思ってしまうくらい、ドクッドクッと激しい脈動が打ち疼きました。

私たちは汚れるのも気にせずそのまま土足の床に倒れ込み、私は彼の股間に手を伸ばすとジーンズの前ボタンを外し、ジッパーを下げて信じられないくらいの勢いで勃起している若い肉棒を取り出し、しごき立てました。

「あ、ああっ……ゆ、由香さん……んんっ……」

「はぁっ、賢人くん……オチン〇ン、すごい……早く、早くコレ、ちょうだい！」

私は完全に盛りのついたメス犬に成り下がり、恥も外聞もなくそう熱望しながら、彼のペニスを引き寄せ、自分の股間へと導きました。もうドロドロのグチャグチャ……早く入れてもらわないと、頭がおかしくなってしまいそうです。

と、いよいよソレが入ってきました。

火が出るように熱くて、鉄のように硬い……！

「あん、はぁっ、賢人くん、す、すごいぃ……あ、あはぁぁぁん！」

「ああ、由香さん、ぼ、僕も……蕩けちゃいそうだぁっ！」

賢人くんは、蒸気機関車のような武骨で力強い抜き差しで私の中心を何度も何度も刺し貫き、とめどない快感のエネルギーを注ぎ込んできました。

私もそれに応えて、お尻を跳ね上げながらアソコで肉棒を喰いむさぼり、彼の腰に両脚を回してグイグイと締め上げます。

「ああ、いい、いいのぉ、賢人くん……」

「ああ、由香さん……くぅっ、ぼ、僕、もうイッちゃいそうですぅ……」

「ああん、いいのよ、きて！　私の中でいっぱい出してぇっ！」

「あ、ああ、あ、ゆ、由香さん、イ、イクゥ……！」

「んあっ、け、賢人くん、あ、あたしも………っ！」

一気にオーガズムが爆発して、私は賢人くんの大量の熱いほとばしりを胎内に感じながら、これ以上ないほど最高の快感に蕩け浸っていました。

この日以来、賢人くんとは会っていません。

私は復帰した夫と二人、相変わらず忙しい日々を送っていますが、彼がちゃんと彼女との仲を改善して、充実した学生生活を送ってくれていることを願うばかりです。

■彼のペニスはまたたく間に硬く大きく完全勃起し、先端からジワジワと透明な液を……

密かに想いを寄せていたお客男性とひとつになった夜

投稿者　熊沢明菜（仮名）／28歳／パート

今思い返してても、もともと内気で地味な性格だった私が、よくあんな思い切った真似をしたものだと思います。

私、昔から読書が好きだったこともあり、書店でパート勤めをしているのですが、週に二～三回の頻度でやってくる常連の男性客のことを好きになってしまったんです。その人はいつも文芸書を買っていくのですが、それがすごく私の趣味とも合致していて、親近感を抱いていくうちに、いつの間にか異性として意識してしまって……もちろん、見た目もいかにも文学青年ふう（年はたぶん三十過ぎくらい？）で、私の好みドンピシャでした。

でも、だからといって何かアプローチするような勇気があるわけもなく、ただ日々、彼の姿を見ては憧れを募らせるばかりでした。

ところがある日、私は家で夫と大ゲンカをやらかしてしまったんです。原因は夫の浮気でした。無防備に放り出してあったスマホの画面に、夫と見知らぬ女の自撮りキス写真を見つけてしまって。問いただすと彼はあっさりと認め、私はもう頭にきてしまい大逆上！　夫はそのままふいと家を出ていってしまい、まったく関係修復の兆しも見いだせないまま、私は翌日、鬱積した怒りを胸に抱え、そして泣きはらした目のままパートに出勤するはめになりました。

そんなある意味、異常にテンションの高い状態で例の彼がレジに本を持ってやってきたとき、私の中のいまだかつて作動したことのないスイッチが、パチンと入ってしまったんです。

幸い、周囲に誰もいなかったこともあり、私は本にカバーをかけながら、声を低めて彼に向かって言葉を発していました。

「あの、もしよかったら、このあと、いっしょにお茶でもしませんか？」

いやもうマジ、自分のほうから男性に向かってこんなことを言うなんて、生まれて初めてのことでした。

でも、夫の裏切りに対する怒りと、自分だってやり返してやりたいという報復心、そしてお客の彼に対する高まる一方の想い……それらがグルグルと混ざり合い、そのエネルギーが最高潮に達した瞬間、私は思わず行動してしまっていたんです。

「え？　あ、はあ……あの、僕なんかでよかったら、いいですよ」

幸い、二つ返事でＯＫしてもらえたからよかったようなものの、もし断られてたら、私、本当にどうしてたんでしょうねえ？

その後、夕方五時に私は仕事を上がり、ＩＴ系の在宅ワークで時間は自由になるという彼を伴って、近所のス○バに行きました。そしてごく自然に好きな本、好きな作家などについて話が弾み、知性に富んだ彼の人となりを知るにつれて、ますます大好きになってしまい……その腕に抱かれたくて仕方なくなってしまったんです。でも、さすがにそれを口に出すのは容易ではなく、コーヒーのプラスチックカップを手に、じっと黙って下を向いていたのですが、そのとき、その手に彼が触れてきて。

「きみのこと、もっと知りたいな」

と言ってくれたんです。

ふと彼の目を見ると、そこには、彼も私と同じ想いであることが浮かんで見えました。〝僕も、きみのことを抱きたい〟と。

それから私たちは、すっかり陽の短くなった夕方六時すぎの闇にまぎれるようにして、少し離れたところにあるラブホに向かいました。

チェックインし、選んだ部屋に入った瞬間、私の〝たが〟が外れました。

それは今思うに、夫の浮気という突発的なものが引き金にはなりましたが、そういった刹那的な事態に対してというわけではなく、私の生まれてこのかた、ずっと引っ込み思案で耐え忍ぶだけだった、女としての生き方に対する反発だったような気がします。私だって、自分の思うがままにやりたいんだ、っていう。

部屋のドアを閉めるなり私は彼にすがりつき、その唇にむさぼるようなキスをしました。両手で頭を押さえ、顔全体を舐め回すように激しく舐め、しゃぶり、吸って……すると、彼のほうも精いっぱいそれに応えてキスを返しながら、私の体に手をかけ、引きむしるように衣服を脱がせ始めました。

私だって負けていられません。むさぼるようなキスは続けたまま、彼の服に手をかけ、一気呵成に剝ぎ取っていきました。

そして私たちは二人とも全裸になり、そのままもつれ合うようにしてベッドの上に倒れ込みました。

彼は仰向けになった私の上に覆いかぶさると、狂ったように胸を愛撫してきました。左右の乳房を両手で摑み、ぐにゃぐにゃと大きく揉みしだきながら、中心でプックリと硬く膨らんだ乳首に吸いつき、ベロベロと舐めしゃぶりながら、ちゅるる、じゅるると吸いむさぼってきます。

「はぁ、あ、ああ……いい、いいわぁ……」

私が思わず喜悦の声をあげると、彼はますます激しく責め愛してくれて……たまらなくなってしまった私は、彼に叫んでいました。

「私……私もっ！　あなたを味わわせてっ！」

すると彼は、私の上で体の向きをクルリと変えると、シックスナインの格好になりました。そして今度は私の股間に顔を突っ込んでアソコを舐めしゃぶってきて。

私の顔のすぐ上に、彼のペニスがぶら下がっていました。それは七～八割がた勃起しているようで、私は彼の口唇愛戯にクネクネと腰をよじらせてヨガりながらも、首を起こしてその先端を咥えると、チュバチュバ、ジュブジュブと音を立てて一心不乱にフェラチオしました。

彼のペニスはまたたく間に硬く大きく完全勃起し、先端からジワジワと透明な液を滲み出させてきました。

私のアソコももうすっかり熟れ乱れてしまっています。

「あん、はぁ……おねがい、もう、もうきてぇ……」

私がたまらず懇願すると、彼が体を起こして正常位で入れてこようとしましたが、私はそれを制して、言いました。

「ううん、バックからしてほしいの。ケダモノみたいに突いてほしいの！」

彼は一瞬驚いたようでしたが、すぐに反応して言われたとおり、四つん這いになった私のバックから挿入してきてくれました。

「あっ、ああ、はぁ……あああん、いいっ……！」

そう、本当は私、前からバックでやってほしかったんです。でも、こびりついた羞恥心と抵抗感から、その本当の欲求が口に出せず……でも今、やっと言えたんです。

彼の力強いストロークで後ろから突かれながら、私は大きな快感とともに、目に見えない多くの縛めから解放されるような爽快感を覚えていました。

「また、こうして会えるかな？」

別れ際、彼にそう問われましたが、私は明言を避けました。

私の本当の望みは浮気をすることではなく、したいことをする、ということだから。

「どうかな……あなたのことは好きだけど……考えておくわね」

そう答えて、私はきびすを返したのでした。

■アタシは太腿に力を込めながら、全身をくねらせるようにしてペニスを締めあげ……

水泳の個人授業で味わったかつてない巨根カイカン！

投稿者 代々木梨花（仮名）／24歳／スイミングインストラクター

体育大を卒業してすぐ、スポーツジムの水泳インストラクターとして働き始めたアタシ。ついでにそれまでつきあってた五才年上のサラリーマンと結婚もして、さしずめ人妻インストラクターってとこかな。

そんなわけで、ついこの間までバリバリの現役で大学の競技生活を送ってたアタシは、自分で言うのもなんだけど、ムダなぜい肉いっさいナシの超ナイスバディ！　すっかり発達した胸筋とないまぜになったオッパイの張りも抜群、ムチムチだけどスラリと伸びた脚も健康美に溢れてて、正直、このボディに惹かれてアタシのクラスを希望する生徒さんもすごく多いわけ。

でも、そういう生徒さんに限って自分にないものを相手に求めるのかなぁ？　大抵貧弱でガリガリの非スポーツ系男性が多いのね。

この間も、そういう生徒さんの一人……Hさん（三十一歳）っていって某IT企業の重役さんなんだけど、特別料金払うからアタシに個人授業してくれって。まあ、通常料金の五倍払うってんだから、会社のほうもホクホクだよね。アタシも臨時ボーナスもらえるし。

夜間のクラスの終わったあとの夜九時半頃、Hさんがやってきて、アタシはいつものインストラクター用水着（まあ、ほとんど競泳用のピッチピチのやつだけど）のまま、彼を出迎えてあげたわ。節電のために通常の半分に照明が落とされた五十メートルプールは、なんだか微妙に妖しい明るさで……そこにアタシとHさんの二人だけなんだから、やっぱりちょっとへんな感じ。

「やあ、梨花先生、今日はよろしく」

「はーい、Hさん、こちらこそよろしくお願いしまーす」

アタシは明るく応えると、まずはプールサイドでHさんを前に準備運動の指導から。屈伸や前屈、上体の伸び回し……その他、アタシの一挙手一投足、っていうか、アタシの肢体の隅々まで、Hさんの目が舐めるように凝視してるのがいやでもわかったけど、まあ、そんなの慣れっこ、慣れっこ。さっきも言ったとおり、それも仕事のうちって割り切ってるもの。

でも、いざプールの中に入って水泳の指導に入ると、ちょっと様子が違ってきた。

Hさんはアタシの指導で、まずはキックボードでバタ足の練習から入ったんだけど、なんだか全然、バタ足しようとしない。

「ちょっとHさん、じっとしてても始まりませんよー。ほら、まずは基本のバタ足をしっかり練習しないと」

と、ちょっと可愛いプリプリ怒り口調でアタシが言うのだけど、

「うーん、その……リズムが全然わかんなくて……梨花先生、まずは僕の両足持って、動かしてみてくれないかなあ？」

はあ？　リズム？　何言ってんだ、このオッサン？

って思ったけど、まあ生徒さんという名の立派なお客様ですから！　要望にはそれなりに応えてあげなきゃいけないわけで。

「んもう、しょうがないな～」

アタシはそう言いながら、キックボードに摑まってうつぶせに水に浮いたHさんの両足のふくらはぎのところを摑んで交互にバチャバチャと動かしてあげたのだけど、

「う～ん、まだよくわからない。太腿の上のほうを持ってやってくれないかなあ？」

とか言いだして、理屈的にはそんなの通らないんだけど、アタシもまあ仕方なく言われたとおりにしてあげようと……手を伸ばしてみてビックリ！

太腿の付け根に近いところに触れてみた途端、明らかに足ではないものが水泳パンツの裾からはみ出しているのがわかったんだもの。

「ちょ……Hさん、これ……！」

「どう、すごいでしょ、僕のオチ○ポ？　今日は梨花先生と二人きりってことで、いつも以上に興奮しちゃって、もうこんなになっちゃってるんだ。ほら、早く先生に触れてほしくってビクビクしてる」

とんでもないパワハラ&セクハラだったけど、アタシは正直、生唾ゴックンしてしまった。だって、Hさんの勃起したペニスは、その貧弱な体格とは裏腹に超巨大で、長さは優に二十センチ、太さも直径五センチ近くはあろうかという代物。はっきり言って、こんなの見たの、アタシ生まれて初めて！

「いや、ただ触ってもらうだけじゃダメだな。先生のその立派な太腿で思いっきりしごいて、締めつけてほしいなあ。ダメ？　お小遣い、弾むよ？」

ただでさえちょっと、その巨大オチ○ポに対して興味津々だったところに加えて、お小遣いの話まで出た日には……アタシはもう従うしかなかったわ。

「ほんと、いいの？　やったあ！　よし、それじゃあ……」

Hさんは喜々として言うと、水中で水泳パンツを脱いで……そうすると、ぶわんと巨大ペニスが浮き上がってきた！

アタシはその前に立つと、全身をHさんに密着させるようにして、水中でペニスを太腿に挟み込んであげた。そして、Hさんの両肩に手を置いて体を支え、太腿に力を込めながら、全身をくねらせるようにしてペニスを締めあげ、グニグニとしごくようにしてあげた。

「う、うお……そ、想像以上にいいっ！　やっぱり梨花先生の太腿は最高だあ！」

一方で、アタシのほうもがぜんおかしくなってきちゃって……左右の太腿の間で蠢く灼けつくように熱い昂ぶりが、その上のほう……アタシの敏感なアソコまで刺激してきて、なんとも言えず気持ちよくなってきちゃったの。

「ん……うぅん、ふぅ……」

「おやおや？　梨花先生のほうも反応してきちゃったみたいだね？　僕のコレ、入れてみたくなっちゃったんじゃない？　ん？　いいんだよ、入れても。ほら、自分で水着のお股のところをこじ開けて、オマ〇コ出してみな？」

アタシはもうHさんの言いなりな感じで、きつい水着の股間の裾から肉ビラを覗かせると、自分でペニスを掴んでグイグイとねじ入れてた。かなり無理な体勢が、なんだか余計に感じちゃうみたい……。

「あっ、あひっ……す、すごい、Hさんのオチン○ン、お、奥まできてるぅ！」

水中で合体し、ぐっちゃぐっちゃと出し入れされるペニスは、今まで味わったことのない、マジ神な肉感と迫力で、アタシのエクスタシーはぐんぐん上昇するばかりだった。

「あひ、ひぃ……も、もうダメ、Hさん……イ、イッちゃうのぉ……！」

「ああ、僕ももう出そうだ……う、ううっ……で、出るぅ！」

「あ、あああああ～～～～～～～っ！」

お互いの淫らな液体を水中にまき散らしながら、アタシたちはあっという間に果ててしまった。

アタシはこれで、特別課外個人授業の特別ボーナス三万円に加えて、Hさん個人からのお小遣い五万円をゲット！　懐も温かくなった上に、めちゃくちゃ気持ちいい思いもできて……うん、最高の体験だったわね。

第三章

働く奥さんの禁断日報

■抜き差しのたびに私の愛液がジュバジュバと溢れ、太腿を伝って畳の上に流れ落ち……

亡き夫の遺影の前でケダモノのように犯されて！

投稿者 林美菜子（仮名）／29歳／OL

夫が突然、心筋梗塞で亡くなった。

何がなんだかわからないまま、全て葬儀屋まかせで通夜、告別式を終えた。弔問客の顔もろくに見てない、挨拶もまともにできなかった。たぶん失礼極まりない喪主だったに違いない……。

それから一週間が経って、徐々に冷静さを取り戻してきた。今日で忌引きも終わる。前に進んでいかなければ……そう心に決めたときのことだった。

ピンポーン。玄関のドアを開けたら、夫の同僚の木元涼司（仮名）が立っていた。

「お葬式に出れず大変ご無礼いたしました。あの……焼香させていただいていいですか？」

「もちろんです、主人も喜ぶことと思います。さあどうぞ」

そう言って、リビングルーム脇の和室に招き入れると、木元は一礼をし祭壇の前に座った。静けさの中に点火器具のカチャッという音が響いた。線香がジリジリと焼け始め、むせかえるような匂いが広まる。

そして、ずいぶん長い間、手を合わせていた木元が顔を上げて振り向いた。

「急なことで、色々大変でしたね。心の整理は？　……いや、つくはずありませんよね、あんな……」

ハッとした。その言い方は全てを知っているようだった。

「インフルエンザのほうは、もういいんですか？」

私は話題を変えた。もうすっかり平気なのよと言わんばかりの笑顔を作って。

「おかげさまで昨日から出社しています」

「でも、なんだかお顔が赤いわ。まだお熱があるんじゃないですか？」

私がそう訊ねた瞬間だった。

「赤いのは熱のせいじゃありませんっ！」

言うやいなや、木元は私を押し倒した。

「な、なにを……んんぐっ……！」

唇で唇を塞がれた。力で跳ね返そうとしても無駄だった。大学までラグビーをやっていたという木元の大きくてがっちりした体の下で、私は身じろぐこともままならなかった。

「お、お願い、こんな場所で……やめて！」

「いいじゃないですか、アイツだって浮気してたんだ。遺影の前で見せつけてやりましょうよ」

ああ、そうなのだ。

夫は二年もの間浮気をしていた。

十日前に倒れたのは、その浮気女の家だったのだ。

女が救急車を呼び、私が病院に駆けつけたときは夫の傍らで涙していた。

その光景をまざまざと思い出し、ふいに体の力が抜けてしまった途端、首筋を遠慮がちに吸っていた木元はがぜん大胆になり、一気にブラウスとブラジャーを剝ぎ取った。そして露わになった私の乳房を揉みしだき、チュウチュウと音を立てて乳首を吸ったり舐めたりした。

「アアン……アア……ン！」

木元の手はスカートの中をまさぐり、パンティの上から私の恥部を撫で始めた。

「す、すげぇー、もう濡れてる」

「い、いや……っ」

木元は一気にパンティを下ろし、その野太い指が湿った秘芯の中にどんどん分け入っていった。

「ああ、すげぇ締めつけてくるぅ」

ブチュブチュブチュ、ヌチュルゥ……といやらしい音をわざと立てながら、膣の中を盛んに行き来する指。

「ア、アア……アアァ〜……」

私のGスポットを指の腹が荒々しく突いてくる。

ああ、こんな快感、ものすごく久しぶりだわ……。

チュル、チュルチュルチュル……。

「イ、イイ……アアア〜〜」

クリトリスを舐め回す淫靡な音と私のあられもない喘ぎ声が混ざり合い、西日の射す部屋に響き渡る。

ふと視線を感じたような気がして目を開けると、遺影の夫と目が合った。

そういえば夫と最後にセックスしたのってもう三年以上も前だ……その頃を境に夫は私のカラダに飽きて若い女の体を求めるようになっていった。

そう、だから、私のカラダはこんなにも飢えていた。男のソレを欲していた、その証拠に今、四つん這いになった私は嬉しげに腰を振り立てて、木元のペニスを膣内に受け入れている。

　木元の腰が私の尻を打つパーンパーンという音が響き、びしょびしょに濡れた結合部分から、グッチャグッチャと爛れた音がする。リビングルームの五十インチのテレビのモニターに私たち二人の姿がぼんやり映っている……まるで大型犬のシベリアンハスキーが小さなチワワを後ろから襲っているような映像……祭壇の前、遺影の夫に見られながらの後背位セックスに、私も木元もケダモノに堕している。

「い、いいよ、美菜子さん……アアア～～～」

「私も……私もイイの～～～……」

パーン、パーン、パーン……パン、パン、パン、パン……背後から腕を伸ばし私の乳房をもみくちゃにしながら木元の動きはがぜん早くなる。抜き差しのたびに私の愛液がジュバジュバと溢れ、太腿を伝って畳の上に流れ落ちていく。

「ああ、もうイキそうだよ～」

「わ、わたし……も……イク……イク……」

パン、パンパン、パンパンパンパンパンパンパン…………、

「あ、ああ、あああああああああああああ～～～～～～！」

二人同時に果て、私たちは結合したまま畳の上に倒れ込んだ。

息が整うまでこのままでいたい。

夕闇が迫り、部屋が暗くなってきた。

「おれ、ずーっと前から美菜子さんのことが好きだった。アイツが浮気してたことも
かなり前から知ってて……いつか美菜子さんを奪う計画でいたんだ」

「…………」

「怒ってる？　おれがアイツの浮気を知ってて美菜子さんに黙ってたこと」

「ううん全然」

「よかった。少し経って落ち着いたら、僕との結婚を考えてほしい」

「結婚だなんて……」

そんなものいいの、望んでない。

ただこんなふうに時々来て、私を激しく抱いて欲しい……。

本当にそれだけでいいのよ。

■オマ○コを自分でズチュズチュといじくりながら、彼の亀頭に舌をからませ……

万引き現行犯の若い肉棒に奥の奥まで貫かれて！

投稿者 湯川りんか（仮名）／34歳／万引き監視員

警備会社から派遣されて、スーパーなどの商業店舗で万引き監視員をやっている私。時たま、その日の機嫌次第で無茶やっちゃう自分の性格に、けっこう困惑気味。

その日も、朝からダンナと大ゲンカしちゃって……まあ、とても人には言えないようなつまんない理由なんだけど、とにかく、もう気分はムシャクシャして最悪！　変な話、腹いせに今日は何がなんでも万引きを摘発して、思う存分責め立ててやる感マンマンだったわけです。

その日の巡回先はけっこう大きなスーパーで、私は他の買い物客にごく自然に溶け込んで、グルグルと店内を巡りながら、挙動不審な相手はいないかと監視の目を光らせていました。

と、早速見つけちゃった！

しかも、その相手はなんと、若くてけっこうなイケメンで、ゆったりとしたコートのポケットに、次から次へとスナック菓子を放り込んでいて……私は念のためスマホでその様子を隠し撮りしながら、彼のあとについてその動向を追ったのです。

するとそのイケメンくんはまんまと（?）、ポケットの商品をレジに通さないまま店外に出てしまい、めでたく私に御用！　となったわけ。

「ご、ごめんなさい……俺、どうかしてたんです。会社でいやなことがあって、なんだか無性にムシャクシャしちゃって、それでついつい……」

おや、どこかで聞いたような話だなあ、と思いつつ、でもベテラン万引き監視員の私、容赦はしません。

「何、二十六歳にもなって子供みたいなこと言ってんのよ！　はい、問答無用で警察に突き出させていただきまーす！」

ちょうど夕方の書き入れ時とあって店員が全部出払ってしまい、私たちの他に誰もいなくなった店舗事務所で、私は超高圧的に彼に詰め寄ったわけです。

すると、彼ときたら、大の男のくせにメソメソと泣きだしちゃって。

そしたら、私ったら、なんだかその瞬間ドキンときちゃって。

ああ、イケメンの泣き顔って、いいものねえ……。

そしたらもう無性にムラムラしてきちゃって、そうか、万引き犯捕まえてこっぴどく叱って警察に突き出して溜飲下げるのもいいけど、たまには違う方法で自分のムシャクシャを晴らすってのもアリかもね、と思っちゃったわけです。

私は彼に向かって言いました。

「そうだなー……私のいうことなんでも聞くっていうのなら、今回だけ見逃してあげないこともないかなー」

「え、本当ですか⁉　聞きます、聞きます！　あなたのいうことなんでも！」

彼は涙で甘く潤んだ目で、私に追いすがってきました。

ああ、やっぱりイケメンっていいわあ。

私はとりあえず事務所のドアを開けて外を窺い、しばらく誰も入ってこなさそうなことを確認すると、彼のほうに向きなおって歩み寄り、事務机の縁に浅く腰かけました。そして、こう命じたんです。

「じゃあ、今から私のオマ○コ舐めてちょうだい」

「え、ええっ⁉　オ、オマ○コ……ですか？」

「そう。私のこと、思いっきり気持ちよくしてくれたら、見逃してあげる」

「わ、わかりました。オマ○コ、舐めます……」

彼は観念したように私の前にひざまずくと、パンツのベルトを外しファスナーを下ろして膝下のところまで下着ごとずり下げ……股間の濃いめの茂みに顔を近づけてきました。彼の鼻先がさわさわとヘアーの毛先をくすぐり、ゾワゾワと心地いい戦慄が走ります。

そして、そこに分け入るように彼の舌が伸びてきて……、

「あ、ああ……んふぅ……」

思いのほか長い舌先が私のクリちゃんをつつき、クニャクニャとこね回してきて、その瞬間、甘い痺れが下半身を走り、私は思わずのけ反ってしまいます。

「あ、いい……とってもいいわ、もっと激しく……ああ、そうよ！」

私の指示に従って彼の舌がより大胆に蠢き、クリちゃんの下の肉唇をこじ開けるようにして侵入、熟れきった肉襞を舐め回してくると、脚がガクガクと震えて立っていられないほどの快感が攻め寄せてきました。

「んあっ……はぁ、ふぅう……っ！」

私はあられもなく昂ぶってしまい、自分で上着をはだけセーターをまくり上げると、ブラジャーを上側にずり上げて両方の乳首を露出させ、自らの指でいじくり始めていました。オマ〇コを責める彼の舌の動きに合わせて乳首をクリクリすると、本当にもうたまらないほど気持ちいい！

そのうち、じゅぶ、じゅるる、ぶじゅう……と、濡れそぼった私のオマ○コがとんでもなく淫らな音を発し始め、見下ろすとイケメンが口のまわりを愛液まみれにさせていて……ううん、この女冥利につきる征服感、たまらないっ！

するると、今度はもう私のほうがじっとしていられなくなってきちゃって、

「ああ、もうガマンできない！　私にも舐めさせて！　ほら、ズボン下ろして！」

私はそう彼に命じてチ○ポを出させると、オマ○コから愛液を滴らせながら今度は逆に彼を立たせてその前にひざまずき、食らいついていました。

オマ○コを自分でズチュズチュといじくりながら、彼の亀頭に舌をからませ、竿を舐め上げ、舐め下ろし、玉袋を口に含んでコロコロジュブジュブと食み弄んで……さすが若いチ○ポはすぐさま怖いくらいに勃起して、ヒクヒクとその身を震わせ始めました。ああっ、なんてステキなの！

「あ、ああ……い、いい……」

私のフェラプレイに感じてせつない喘ぎ声をあげる彼。

私は立ち上がって、その快楽にとろんと蕩けた甘いイケメンにぶっちゅりとキスすると、彼にのしかかるようにして自分からオマ○コにチ○ポを沈めていきました。ぬぷ、ぬぷぷ……と硬くて熱い剝き身が肉裂の奥深くまで入ってきて……見る見る快感

の波が胎内に広がっていきます。

「あっ、はぁ、ひあっ……んはぁっ……！」

私は机の縁に両手をついて体を支えつつ、腰をガツンガツンと激しく振り立て、彼の体に打ちつけながら、その深い挿入感をむさぼり味わいました。

「はっ、はっ、はっ……ああん、いいっ、奥まできてるぅ……！」

「う、うくぅ……ぼ、僕も……もう、イッちゃいそうです……」

いよいよクライマックスが迫ってくると、私はぐいぐいと彼の体を押しやって机の上に寝そべらせ、その上に騎乗位で乗っかる体勢に持っていきました。そして、ここぞとばかりに思いっきり腰を振り立てて！

「あっ、あん、あん、あ……い、いいっ！」

「はぁっ、はっ、は……ああっ……」

そしてとうとう、私の肉裂の中でいっぱい、いっぱいにはちきれんばかりになった彼の昂ぶりの肉感を感じ取った私は、その射精の瞬間、寸でのところでオマ〇コを離脱させ、オーガズムを十分味わいながらも中出しを回避するという離れ業をやってのけたのです。

「お疲れさま、あなた、とってもよかったわよ」

終わったあと、私が彼に言うと、

「は、はい、僕もとっても……あ、あの、それで今日のことは約束どおり……」

と言うので、私はこう言って安心させてあげました。

「うん、見逃してあげるわ。でも、犯行現場の証拠画像は、スマホでちゃんと押さえてあるからね。私がその気になればいつだって警察に突き出せるんだから」

「え、ええっ……?」

そう、これをたてに、これからも気分を晴らしたいときは、彼に肉体奉仕してもらうつもり。ま、あと二～三回はつきあってもらおうかしら?

■皆の妖しい愛撫が醸し出す火照りが体中に広がって、なんだかたまらない気分に……

女四人の肉体が妖しくからみ合う温泉浴場快感

投稿者　白坂まゆみ（仮名）／26歳／パート

世間は景気が回復してるっていうけど、皆さんはそんな実感、ありますか？　私はもちろん、ありません。なにしろつい最近、業績不振で夫の会社は全社的に一律給与カットとなり、私は家計の一助のためにとパート勤めを始めたばかりなんですから。

でも、レジ打ちのパート勤めを始めた某大手スーパーでは、やさしい先輩パートの皆さんに可愛がられ、とても楽しく仕事ができてラッキーだなあと思っていました。

そう、あんなことが起こる日までは。

私がパート勤めを始めて一週間が経った頃のことでした。

仲のいい先輩パートたちのお誘いで、一泊二日で温泉旅行に行くことになったんです。最初私、金銭的にまだ余裕がなくて……と遠慮したのですが、なんと、足りない分は皆さんで分担して援助してくれるっていうことになって。

これはもう、行かない手はありません。夫も、たまには息抜きしてこいよ、と言って快諾してくれたのでした。

メンバーは私の他に、マサミさん（四十歳）、ルミさん（三十七歳）、ミチコさん（三十一歳）という顔ぶれで、この四人で話し合ってお互いの日程をなんとか調整し、そしてようやく、とある土曜の朝、電車に乗って駅を出発したんです。

お昼頃、目的の温泉地に着くと、まずは駅前にあった食堂で海鮮系のランチを食べたのですが、さすが海に面したところだけあって、新鮮でとっても美味しくて大満足！

それから予約していた旅館にチェックインし、いったん出かけて周囲の観光スポットを巡ったあと、夕方四時頃帰宿、六時からの宴会に備えました。

女四人の宴会は、美味しい料理とお酒を前に、スーパーのいけすかない社員や同僚の悪口で盛り上がったり、面白い常連のお客のネタで笑い合ったり、それぞれの家庭の話で共感し合ったりと、それはもう楽しくて、あっという間に時間が過ぎてしまい、気がつくともう、お開きタイムの九時になっていました。

それから私たちは皆で温泉に浸かりにいきました。シーズンオフだからか、私たちの他にあまり宿泊客はおらず、温泉浴場もガラガラでした。

当然、脱衣所で皆それぞれ浴衣を脱ぎ始めたのですが、私はリーダー格のマサミさんの裸体を初めて見て、ドキッとしてしまいました。色白なのは傍目からもわかっていましたが、ここまで迫力の巨乳の持ち主だったとは……とても四十歳とは思えないその魅惑の姿は、ある意味衝撃だったのです。

三十七歳のルミさんも、たしか子供はいないということでしたが、まったく体形が崩れておらず、その均整のとれた美しいバストは思わず生唾を呑んでしまうくらいでした。

そして三十一歳のミチコさんは、私たちの中では一番スレンダーですが、お尻がひときわキュッと締まっていて、まるでカモシカを思わせるようなしなやかな肢体が、とても素敵でした。

(ああ、私って一番、オンナとしてパッとしないかも……)

と、私は内心コンプレックスを感じてしまったくらいでした。

それから皆で浴場に足を踏み入れ、かけ湯をして軽く全身を洗ったあと、湯船に浸かりました。宴会の前に一度入っているので今日二度目の入浴でしたが、やっぱりたまらなく気持ちよくて、柔らかなお湯が肌に染み入ってくる感じです。

と、私が縁に頭をもたせかけて目を閉じ、ホ〜ッと安息の溜息をついているときのことでした。思わぬ感触を感じたのは。

はっとして目を開け、すぐ隣りを見ると、マサミさんのにっこりと笑った顔がありました。そして反対隣りにはルミさんが、正面にはミチコさんが私のことを取り囲むようにしていて……そして、なんと皆の手が私のカラダを湯船の中で撫で回していたんです。

「え、え、えっ……？」

私は何が起こっているのかわからず、皆の顔を見回しながらオロオロするばかりでしたが、マサミさんたちは笑みを浮かべたまま、それぞれの手を動かし続けて……。

マサミさんが私の右の乳房を中心に右半身を触り、撫で回し、ルミさんが左乳房を中心に左半身を。ミチコさんが正面から私の太腿の付け根に手を差し入れてアソコをサワサワと……お湯の熱さに加えて、皆の妖しい愛撫が醸し出す火照りが体中に広がってきて、なんだかたまらない気分になってきてしまいました。

「あ、あの、皆さん、な、なんでこんなこと……？」

私が体をクネクネとよじらせながら問うと、ルミさんが、

「ふふふ、あたしたち、あなたが店に入ってきた最初から、ずっと狙ってたのよ。とっても魅力的だから」

と答え、私は思わず、

「えっ、そ、そんな、私なんて皆さんに比べて、こんなにさえないのに……」

と、卑下したような口調で言ってしまったのですが、

「何言ってんのよ、あなたは本当にとっても魅力的よ。皆、早くこうやってあなたと仲良くしたくて仕方なかったのよ」

ミチコさんがそう言ってくれて、私は恥ずかしくも、ちょっと嬉しくなってしまいました。

「ほ、本当ですか？　私なんかが……？」

「んもう、そういうこと言うの禁止！　もっと自分に自信を持って！」

「そう、そう！　さあ、皆で気持ちよくなりましょ？」

皆は口々に言いながら、私のカラダへの愛撫に熱を込めてきました。

マサミさんとルミさんの指が同時に私の左右の乳首を摘まみ、こねくり回してきて、痺れるような快感がジワジワと広がっていきます。

「あ、ああ、んあぁっ……」

ミチコさんの指がヌルリと私のアソコの奥深くにぬめり込んできて、ヌチャヌチャと搔き回し、全身が震えるような官能が渦巻きます。

「あはぁっ、はっ、んはぁ……ん、んぐふっ！」

マサミさんのキスで唇を塞がれ、差し込まれた舌で口内をジュルジュルと舐め回されて、その蕩けるような酩酊感に気が遠くなってしまうような思いでした。

「ああ、まゆみさん……まゆみさんのココも、もうすっごいことになってるわよ。ドロドロに熱すぎて、あたしの指が溶けちゃいそう！」

そう言われながら、さらにミチコさんに膣内を激しく掻き回されると、マジもう本当に、気持ちよすぎて死んじゃいそうなくらいでした。

「ああ、まゆみさん、かわいい……はぁ、はぁ……」

「んはっ、まゆみさん、んじゅぶ、あう、あはぁ……」

「はう、んんぐぅ……ぬふぅ……！」

皆のあられもない艶声が浴場内に淫らにこもり、響き渡り、淫蕩なるつぼと化してしまったようでした。

私は三人の手にかかって何度も何度もイかされ、皆もそれぞれからみ合い、愛撫し合って悦楽の温泉タイムを過ごしたのでした。

その後、自分たちの部屋に戻り、今度は布団の上でくんずほぐれつ、私は初めての本格的な女同士の快楽を味わわされ、皆のアソコを舐めることまでいつの間にか平気になっていたのです。

三人はもちろん、ゴリゴリのレズビアンというわけではありませんが、時々こうやって女同士の刺激を愉しみ合い、日ごろのストレスを発散しているのだそう。今回、めでたく私もその仲間入りを果たせたということで、なし崩し的にこれから刺激的な日々を送ることになりそうです。

ちょっと……いや、かなりときめいちゃってる私なのです。

■ブラを外してGカップのオッパイをぶるんと露わにすると、兄は飢えた犬のように……

白昼の自宅で実の兄との背徳の関係に溺れる私

投稿者 吉野美久（仮名）／27歳／OL

日曜日の昼下がり、玄関のチャイムが鳴って、兄が訪ねてきました。

夫は今日、接待ゴルフで朝から出かけていて、家にはいません。

「やあ、美久。久しぶり」

「お兄ちゃん……会いたかった」

玄関ドアを開け、兄が入ってくるなり、私はその体に抱き着いていました。服の上からでも、中学から大学までレスリングで鍛えた筋骨隆々のその肉体のたくましさが即座に感じられ、私は途端に濡れてしまいます。

私は兄の体にすがりつきながら、問答無用でズボンの上から股間をまさぐり、激しくキスします。兄の顔全体を舐め回すようにして唇をむさぼって、その剃り残したヒゲのチクチクでさえ愛おしく、味わい尽くすように。

「ん、はっ……美久、ちょ、ちょっとごめん、今日暑くって、俺ここに来るまでにけっこう汗かいちゃったから、シャワー浴びさせてくれないか？」

「いいっ、そんなの！　そのままのお兄ちゃんがいいの！」

私は必死でそう叫びます。

それは偽らざる本心だから。本当に心から、お兄ちゃんのそのままの匂いを、味を、感じさせてほしいから。

「おいおい、美久……」

「いいから脱いでっ！」

私はけんもほろろに応え、ドアを閉めた玄関口に立ったまま、兄の服を脱がせにかかります。シャツを脱がせ、その下のTシャツを脱がせ、ベルトを外してハーフパンツも下ろし脱がせて……兄はボクサーショーツ一丁だけという格好になりました。

「ああ、お兄ちゃん、すてき……大好きっ！」

私は喘ぎながらそう言い、兄の体を味わい尽くそうと、全身に舌を這わせ始めます。

太い首すじから、怖いくらいに盛り上がった胸筋にかけて……そしてたくましい二の腕の付け根に隠れた腋の下まで、ペロペロ、チュウチュウ、ペチャペチャ……ちょっとしょっぱい汗の味が、またたまらなく美味で……私はその体液を啜りながら、カラダの内側から熱くなってしまうのを感じるのです。

「あ、美久……ん、んんぅ……」

私の執拗な愛戯に、兄の肉体も反応し始めたようです。まさぐり回す私の手の中で、そのペニスもムクムクと大きくなり、見る見る硬く巨大に勃起し、ボクサーショーツを突き破らんばかりに鎌首をもたげてきました。

「ああん、お兄ちゃんのオチン○ン、大好き!」

私はひざまずくと、いよいよボクサーショーツを引き下ろして、その反動でブィンと飛び出し反り返った勃起ペニスを咥え、フェラチオを始めました。

大きく張り出した亀頭の縁に舌をからみつけるようにしてねぶり、ドクドクと太い血管が脈打つ竿の裏筋を何度も何度も舐め回し……大きな玉袋を揉みしだき、転がしながら、先端からズッポリと呑み込んで、激しくしゃぶりむさぼります。

「はっ、うう……美久、そ、そんなにされたら……ああっ!」

その瞬間、兄のペニスはひと際大きく膨らんだかと思うと炸裂し、私の口内に大量のザーメンを噴きほとばしらせました。

「あ、ああ〜〜……」

「お兄ちゃん……美味しい……」

私はソレを味わい、ゴックンと呑み下しながら、今度は自分の服を脱ぎ始めました。

自慢じゃないけどGカップあるこのオッパイ、兄のためにもいつもお手入れに余念がないのです。ブラを外してそれをぶるんと露わにすると、兄は飢えた犬のようにむしゃぶりついてくれました。

「ああ、美久……いつ見ても本当に素敵なオッパイだ……はむ、んむ……」

兄の唇に、舌に、歯に……乳房を荒々しく揉まれながら、乳首をたっぷりと可愛がられると、本当に幸せな気持ちになってしまいます。

そして、アソコの濡れ具合も一気に高まって……！

兄は軽々と私をお姫様抱っこすると、勝手知ったる私と夫の夫婦の寝室へと運んでいきました。そしてやさしく私の体を横たえると、がばっと覆いかぶさってきて。

「ああん、早く……早くきてぇ！　お兄ちゃんのオチン〇ンが欲しくて、私のココ、もうどうにかなっちゃいそうなのぉ！」

私があられもなくそう訴えると、さっき射精したばかりだというのに、兄はもう見事に回復勃起させて、ぬぷぬぷと女陰の奥まで突き入れてきました。いつものはち切れんばかりの肉感に内部を圧迫され、これ以上ないほどの悦びに溢れたエクスタシーの波が打ち寄せてきます。

「あ、ああ、ああん……お兄ちゃん、お兄ちゃん、いい、いいのぉっ！」

「ああ、美久、美久……あううっ！」

激しいピストンの後、二人とも一気に昂ぶると、私は絶頂の大波を浴びながら、今日二発目の兄の射精を、胎内奥深くで受け止めたのでした。

この私と兄との誰にも言えない関係は、私が高校生の頃に始まり、もうかれこれ十年になろうとしています。そもそもは兄が就職活動のイライラで、私を無理やり犯したのが始まりでしたが、いつしか私のほうが深みにはまることになり……結婚した今も、こうやって時々兄に抱かれないとガマンできないカラダになってしまったのです。

一体いつまで、こうやって愛し合うことができるのか。

先のことはわかりませんが、私はひたすら自分の欲求に正直に生きていきたいと思っているのです。

■アナル内部の襞を揉み立てられ、柔肉を掻き回されると、痺れるような感触が……

小説の快感リアリティを実地で濃厚体感！

投稿者　穴井ゆりか（仮名）／32歳／小説家

　結婚して四歳の娘の子育てをしながら、ＴＬ小説の作家としても活動をしています。皆さん、ＴＬ小説って知ってますか？　Ｔはティーンズ、Ｌはラブの頭文字で、一言でいえば十代の少女向けの恋愛小説ですね。ただ昨今、いろいろ制約も厳しくて、そのものズバリの中学生や高校生を主人公として出すのは厳禁で、もっぱら十代～二十代の年齢の境界線があいまいな女子大生や、若いＯＬなんかを主人公にするのがほとんどではありますが……それというのもこのジャンル、すっごいエロ描写が過激なんですよね。そうじゃないと、今どきの若い女の子の読者には全然読んでもらえなくて。そんなわけで、青少年育成なんとか条例とかに引っかからないよう、書き手は苦肉の策でティーンズと銘打ちながら、もろ十代とわかる表現・描写はしないよう気を付けざるを得ないのです。

　その代わり、女の子向けながら本当にその内容は凄いですよー。

もともと私、小説家としての作劇や人物造形のセンスはあるということで、この世界でやらせてもらってるわけですが、本当はエロ描写のほうはあまり得意じゃなくて……だから今でも時々、実践特訓を受けている始末なんですよ。

前回の特訓もこんな感じでした。

朝、サラリーマンの夫を送り出したあと、次に娘を幼稚園の送迎バス乗り場のところまで送っていき、このとき午前八時。それから一時間、超特急で洗濯や掃除などの家事を済ませた頃、私の担当編集者のＥさん（三十五歳）がやってきました。

「おはようございます。お疲れさまです」

「あ、おはようございます。今日もこんな早くから、ほんとすみません」

「いやいや、これもみんな、ゆりか先生に少しでもよい作品を書いてほしい一心ですから。ちっとも謝ることなんかありませんよ」

そう言いながらＥさんは、勝手知ったるわが家の中をすいすいと進み、私と夫の寝室へと向かいます。私は玄関ドアの内鍵をロックすると、そそくさとそのあとを追い、寝室に入ったときには、もうすでにＥさんは服を脱ぎ始めています。

「さあ、あまり時間はありませんからね。このあと僕、また別の打ち合わせがあるもので……てきぱきいきましょう」

「は、はい……」

　私も慌てて服を脱ぎ始めます。

　そして、先にベッドの上で待ち構えているEさんのもとへ。

「さあ、今日の特訓課題は、前作の『アグレッシブ・ラブ』の中で露呈した、アナルセックス描写の説得力の無さです。ちょうどあのとき風邪をひいてしまって満足に担当指導ができなかった僕にも責任はありますが……〝何がどう気持ちいいのかあんまり伝わってこなかった〟という読者からの声が少なからずあったのは真摯に受け止めないといけませんからね」

「は、はい……ほんと、アナルセックスなんて現実には一度もしたことがないのを無理やり想像だけで書いたのが、やっぱりダメだったんですね」

「そう。だから今後、そういうことがないよう、リアルで説得力のある描写ができるよう、今日はアナルセックスの実践、がんばりましょうね」

「わかりました」

　私は神妙な思いのまま、Eさんに言われるままに、四つん這いになりお尻を高く突き出しました。するとそのぱっくりと露わになったアナルに浣腸が突き入れられ、ドクドクと冷たい感触が流れ込んでくるのがわかりました。

「ひっ……いいぃぃ……っ！」

「はい、少しガマンして。まずは中のものを出してきれいさっぱりとしないとね」

注入が終わりしばらくすると、強烈な便意を催してきました。

「あ、ああ……き、きて……ます……」

「はい、さあ、トイレに行って全部きれいに出し切って！」

「は、はいぃぃっ！」

私はトイレに走り、とてもここでは書けないような感じで、すべてを……いや、よくもここまで出るものかというくらい大量の……を出し切ったあと、Eさんにシャワーできれいに洗ってもらい、再びベッドへと戻ったのです。

「どうでした？　浣腸で出し切る感覚は？」

「ええ……正直、かなりの爽快感で、キモチよかったです」

「それはよかった。でもまあ、本番はここからです。まずはベッドのシーツが汚れないようにビニールシートを敷いて保護しましょう」

Eさんはそう言いながらてきぱきと作業し、それが終わると今度は、カバンからシャンプーのボトルのようなものを取り出しました。

「ラブローションです。これで充分にぬめらし、ほぐさないとね」

「はい……」

私は再度、保護シートの敷かれたベッドの上で四つん這いの格好にさせられました。

そこへEさんがたっぷりとローションを手にとって……、

「ひ、ひゃっ……！」

冷たいヌメヌメがお尻に触れ、それが円を描くように全体に塗りのばされていき、同時にモチモチと尻肉を揉み回されていって……。

「あ、ああ、あんん……」

だんだんとえも言われぬ気持ちよさが染み広がっていきます。

そして、Eさんのヌメヌメの指の感触はついにアナルに達し、まずはアナルの周辺の肉を入念に揉みほぐしてきます。ニチュニチュ、クチャヌチャと、とっても淫靡な音を立てながら、その辺りが蕩けるような感じで脱力していくのがわかります。

「うん、いい感じに柔らかくなってきましたよ。さあ、いよいよ中のほうです」

「あ、ああ……は、はい……」

次の瞬間、ニュプリとアナルの中にEさんの指が入ってきて、最初は入口付近でユルユルと蠢いていたのが、徐々に内側奥までズププ、と沈み込んできたかと思うと、その蠢かしの動きが大きくなってきて……本格的にアナル内部の襞を揉み立てられ、

柔肉を掻き回されると、もうその痺れるような感触ときたら……、

「あぁ、は、ひぃぃぃ……っ……」

「ああ、ゆりか先生、とってもいい感じに仕上がってきましたよ。さあ、じゃあちょっと僕のも舐めて硬くしてもらおうかな。せっかくのアナルセックス指導、万全の態勢で臨まないとね」

「あ、ああ……は、はい……」

Eさんは、私のアナルを指でほじくりながら体の位置をずらし、それによって目の前にきた彼のペニスを、私は無我夢中でしゃぶりました。舐めながら、なぜかいつもよりEさんの勃起度が激しい気がして……やはり私との初めてのアナル結合に少しは興奮してくれているのでしょうか。

「ふう、さあ、もうビンビンだ。じゃあ、ゆりか先生、いよいよアナルに入れますからね？　しっかりその快感を体感してくださいね。いきますよ！」

Eさんが背後からガッシリと私の尻肉を鷲掴むと、次の瞬間、強烈な異物感をアナルに感じ、それがズブズブと押し入ってきて、最初は若干の苦痛を感じたものの、いったん亀頭のいちばん張ったところが入口を通過したあとは、未体験の快感の奔流が押し寄せてきました。

内部の肉壁がズルズルと引っ張られるような感覚は、膣で感じるそれとはまったく異なり、そのまま体の内側全部を引きずり出されてしまうような……そんなある意味、恐怖を感じるような……でもだからこそ、これまでに感じたことのないスリリングな快感に満ち溢れていたのです。

「あぁっ……はぁっ、んはあ……す、すごい、こんなの初めてぇ……ああん！」

「はぁ、はぁ、はぁ……ゆりか先生、僕も……こ、こんなきつい締めつけ、は、初めてですぅ……くっ、くううう……も、もうダメだ！　アナルに出してもいいですか？」

「ああ、んはっ……いいわ、出して……お、おもいっきり……！」

「くうっ……あ、あう、あああああっ！」

「はぁっ……イク、イク……イッちゃう……あああぁ〜〜〜〜〜っ！」

私は初めてのアナル・オーガズムを味わいながら、直腸いっぱいに弾けるEさんの精の熱い奔流を感じていたのでした。

さあて、この快感と感動を余すところなく、ちゃんと読者に伝えなきゃね！

思わずTL小説家としての腕が鳴った私なのでした。

■館長は今度は、いやというほど私の恥ずかしい肉豆をねぶり転がしてきて……

本好きの地味な私が本当の官能に目覚めたあの日

投稿者 吉岡梨央（仮名）／24歳／図書館司書

小さいときから本を読むのが大好きだった私は、大学でも英文学を専攻し、図書館司書の資格を得ると、卒業とともに地元の市立図書館に就職した。高い倍率を突破して採用され、まわりは称賛してくれたものの、特段給料が高いわけでもなく、他のお役所と違って市立図書館なんて大した利権もないから、業者がらみのおいしい部分があるわけでもない。

ただ、一日中本に囲まれて過ごすことができて、比較的わずらわしい人間関係が少なく、ひたすら本に関わることだけを考えていればいい……そんな環境は私にとって天国以外の何物でもなかったのだ。だから本当に、くる日もくる日も幸せだった。毎日が楽しくて仕方なかったものだ。

そしてすぐに親のすすめで見合い結婚した。こちらも公務員で、私に輪をかけて地味でガチガチの生真面目人間とあって、その夫婦生活は、夜の営みも必要最小限。もともと淡泊だった私は、別に無くてもいいというくらいの感じだった。

ああ、なのに……なんで私、こんな人間になってしまったのだろう？

一日たりともセックスなしではいられないカラダになってしまうなんて……。

ことの始まりは、春の異動で新しい館長が赴任してきてからだった。

N館長は四十二歳で、家庭では二人の子供を持つよきパパというもっぱらの噂だったが、見た目は図書館のトップに相応しく、まさに文学青年がそのまま年をとったといってもいい雰囲気の男性だった。

細面で理知的な瞳。銀縁フレームの眼鏡が本当によく似合っていて、その細くきれいな指と相まって、昨今はやりの表現を使えば〝草食系〟を体現したような人。

だから当然、私もそういう存在として接した。純粋に本や文学のことだけを接点としてつきあい、間違ってもそこに異性として意識するような空気など入り込まない相手として……そう、それが大きな誤りだったのだ。結局私は、羊の皮をかぶった狼に実に無防備に隙をさらしてしまっていたのだ。

彼が赴任してきて一ヶ月が経った頃、滅多にないことだが職場の仲間内で飲み会があり、私たちは近所の居酒屋でそこそこ楽しく盛り上がった。なにしろ皆、揃いも揃って本好きの真面目人間ばかりだから、荒れてくだを巻くような者もおらず、それはそれは穏やかな飲み会だった。

夜の十時を回ったそのお開きのとき、N館長から私は誘われたのだ。

「吉岡さん、せっかくの機会だから、このあともう少し二人で話さないか？　そうだな、吉岡さんの好きなシェイクスピアについてでも……」

そのとき、私は純粋に嬉しかった。夫はそんな話題を共有できるような相手ではなく、お酒の酔いゆえのちょっとした昂ぶりもあって、すぐに誘いに応じた。

二人だけで館長が馴染みだという、こじんまりとしたスナックに飲みにいき、本当に楽しくシェイクスピアのことのみならず話をした。館長の文学的知識は実に広範に渡っていて、私はますます彼を尊敬し、心を許していったのだ。

でも、調子に乗ってどうやら飲み過ぎたらしい。

ふと目が覚めると、私は見知らぬ部屋にいて、しかもなんとすぐ目の前……いや、真上に館長の顔があって、私のことを見下ろしていたのだ。

「え…？　私いったい……館長、何やって……？」

わけがわからずそう言った私だったが、さらに館長が私のお腹の上に馬乗りになって、両手を押さえつけられて身動きできないという状況にあることを思い知った。

「吉岡くん、ダメだなあ、そんな隙だらけじゃ。僕はもう初めてきみのことを見たときから、ずっといつかこうしてやろうと狙ってたんだ。きみ自身はあまり気づいてないみたいだけど、ほんと、男ごころをそそるいいカラダしてるよ」

館長は淫靡な笑みを浮かべながらそう言うと、首を下げてチロチロと私の首すじを舐めてきた。生温かい舌が鎖骨の窪みのところまで舐め下ろしてきて、さらにそのまま下りていくと、ツツツと乳房の膨らみのラインを伝って頂点にある乳首をとらえてきて……というところで、ようやく気がついた。

あ！　私、服を着てない……素っ裸だ！

館長はいかにも、やっと気づいたの？　といわんばかりの笑顔を浮かべながら、続けて乳首に舌をからめながら、濃厚にねぶり回してきた。左右それぞれを交互に、何度も何度も、それはそれは執拗に。

「はぁっ……あ、ああん……」

すると、あれだけ淡泊で、ひょっとしたら私って不感症なんじゃないかと思うくらい性感の沸点の低かったのが、なんだかやたら気持ちよくなってきてしまったのだ。

正直、こんなの初めての経験だった。

「ほおら、乳首がこんなに弾けんばかりにピンピンに突っ立って……感じてくれてるんだね。じゃあ、もっとこうして……」

館長がすごい勢いで乳首を吸い上げてきた。信じられないくらい敏感になった先端を電撃のような衝撃が走り、私は背をのけ反らせて感じ悶えてしまう。

「あひっ、ひぃ……あうぅ、あ、ああああん……」

ああ、なんでこんなに気持ちいいんだろう?

わかったわ……これまで私が鈍くて感じにくかったわけじゃなく、夫をはじめ、決して数は多くはないけれど、私の相手だった男たちが下手で、感じさせてくれなかっただけなんだわ……。

とうとう私は悟ってしまった。

そしていったん悟ってしまうと、あとはもうひたすら前へばく進するのみだった。

「ああ……はぁ、はぁ……もうダメ、お、おかしくなっちゃう……」

「何言ってるの。本番はこれからだよ」

館長はそう言うと、今度はいやというほど私のアソコを、恥ずかしい肉豆をねぶり転がし、すっかり濡れそぼった肉襞を舐めしゃぶり……弄び、責め立ててきた。本当に気持ちよくて、頭の中で無数の小さな白い爆発が起きた。

そして、最後に待ち構えていたのは、館長の肉の昂ぶりだった。

細い体に似合わぬ極太のペニスが鎌首をもたげて迫り、肉襞を割って私の中に侵入してくる。ガツン、ガツンと突き、奥の奥まで掘削してくる。

「あひぃ、ひっ、ひあ……あん、あああっ！」

燃え上がるようなエクスタシーが押し寄せ、さっきとは比べものにならないくらいの官能の大爆発が次々と私の胎内を満たしていく。

そしてそれから、私は一体何度イッてしまったことだろう？

もうイキすぎて意識を失う寸前までいってしまった三十分後、ようやく館長が精を放って、私たちの性交は終わった。

それから、私は完全に館長とのセックスの虜になってしまった。

決して大げさではなく、もう毎日したくて、毎日抱かれたくて仕方ないのだ。

いつか、どうにもガマンできなくなった私の、官能に泣き叫ぶ声が、シンと静まり返った図書館の中に響きわたる日がくるのかもしれない。

■敵を威嚇するコブラのように恐ろしく広がった亀頭の笠が膣内を荒々しく引っ掻き……

文化祭で意気投合した彼との禁断の肉の交わり

投稿者 西川千賀子（仮名）／29歳／教師

女子高で数学の教師をしています。

先月、年に一度の文化祭があり、私は二年生のクラス対抗演劇合戦の執行委員という役目を担当しました。二年生の全五クラスが、それぞれ生徒オリジナルの脚本・演出・出演で劇の優劣を競うという企画自体は、生徒皆のがんばりもあり大成功、校長からも担当委員としてお褒めの言葉をいただいたので、それ自体はよかったのですが、その過程で起こった出来事は、思いもよらぬことでした。

このクラス対抗演劇合戦の執行委員役の教師は私の他に、あともう二人いたのですが、そのうちの一人が石森先生（仮名）でした。三十三歳の熱血系体育教師で、多くの生徒からも慕われる存在でした。

その彼と私が中心となって（はっきり言ってあともう一人はお飾りのような役立たずの教師でした）、この文化祭の準備期間中、本当に毎日、ああでもない、こうでもないと議論を戦わせ、相談し、生徒皆により存分に活躍してもらい、少しでもよいコンペティションにすべく、全力を傾けて共に働いてきました。

だから、その報われた結果と相まって、私と石森先生の間には、苦楽を共にしたひとかたならぬ絆ができていたのは間違いありません。

ただ、私にとって彼は、あくまで〝同志〟でした。共に戦った仲間という関係の、以上でも以下でもなかったのです。

ところが、私に対する彼の意識はまったく異なるものでした。

文化祭終了後しばらくしたある日、私は石森先生から話があるから、と彼が常駐している体育準備室に呼び出されました。生徒もほぼ皆帰ったあとの放課後のことです。

先ほども述べたとおり、彼に対する私の意識は、当然限りなくピュア（？）なものでしたから、そのとき、警戒心のかけらもありませんでした。

部屋のドアをノックして中に入ると、石森先生がちょっと硬い表情で出迎えてくれて、ちょっと、おや？　とは思いましたが、特別気にすることもなく、勧められるままに彼の向かいに置かれた椅子に座ったのです。

そしてしばらく、文化祭にまつわる苦労話めいた会話が続き、私は内心（話って何よ？　今日は私、思い出話にふけるような余裕はないんだけどなあ。ダンナも早く帰ってくるって言ってたし、夕食の準備しないと……）と、ちょっとイライラしていました。と、その不満な空気が伝わったのでしょうか、彼は急に姿勢を正し、改まった口調でこう言ったのです。

「西川先生、好きです！　お、おれの想い、受け止めてくれませんか？」

「えっ……ええっ⁉　ちょっと石森先生、冗談はやめてくださいよお。お互いに結婚してるわけだし……そんなあ、あり得ませんって！」

と、私は完全に相手を軽くいなすような感じで笑いながら応じました。だって、真剣に怒るわけにもいかないし、他にやりようがありますか？

でも、彼は怯みませんでした。

「冗談なんかじゃありません……この間、ずっと西川先生と一緒にがんばってきて、なんて素敵な人なんだと……本当にもう、たまらないんです！」

そう言うと、いきなり私のことを抱きしめてきたんです。

「ちょ、ちょっと……石森先生、マジそのくらいにしないと、私、本気で怒りますよ！　や、やめてくださいっ！」

私はさすがにこれはヤバイと感じ、必死で手足をもがかせて抵抗したのですが、屈強な男性体育教師の手から逃れることはできませんでした。

きつく抱きしめられたまま、強引にキスされました。

その迫力たるや、まるで私の顔全体を呑み込まんばかりで、延々とものすごい勢いで唇を吸われつつ、同時に野太い舌がズルズルと口内に入り込んで私の舌にからみつき、じゅるじゅる、ぬじゅぬじゅと唾液を啜られまくると、なんだか気が遠くなるような感覚が襲いかかってきました。

「ん……っ、んぐ、うぶぅ……ぐふっ……！」

「……ぷはぁっ！」

優に十分ほどもそうされていたのではないでしょうか。彼はようやく私の唇から口を離すと、今度はぐったりした私の服を脱がせ始めました。

「あ、石森先生……そ、それ以上はダメ……」

完全に全身が脱力してしまった私は、息も絶え絶えにそう訴えたのですが、彼は聞く耳を持ちませんでした。私のブラウスを脱がしきり、

「ああ、西川先生のオッパイ……きれいだ、白くてとってもモチモチしてて……」

うわごとのように言いながらブラを外すと、剝き出された乳房にむしゃぶりついてきたのです。白い柔肉を食むその吸引のすさまじいことといったら……まるで乳首の先端から全身の性感を吸い尽くされてしまうのじゃないかというくらいの陶酔で、い

よいよ私は完全に骨抜きにされてしまったのです。

「ひあ、ああ、んあぁぁ……くふぅ……」

「ああ、おいひい、おいひいよほぉお……あむ、んじゅるぷぅ、んちゅば、ずにゅばっ、ぬじゅるじゅるじゅるぅぅぅ！」

石森先生は私の乳房を食みむさぼったまま体を軽々と持ち上げると、部屋の隅にある打ち合わせ用のソファへと運んでいきました。そして、そこへドサリと私を投げ出すと、息せき切ってもどかしげに自分の服を脱ぎ始めました。

暴力的ともいえる悦楽のせいで朦朧とした私の目に、彼のたくましい裸の肉体が映りました。厚い胸板、きれいに六つに割れた腹筋……そしてその下には、隆々とそそり立った巨大なペニスがありました。

「あ、ああ……そ、そんな……」

私はそもそも男性経験があまり多くはないのですが、夫をはじめ、こんなすごいペニスを受け入れたことは今まで一度もありませんでした。だから正直、怖くて……でも一方で、言いようのない期待感に胸の鼓動を速くしていたのです。

「ああ、西川先生……おれの想いの丈、受け止めてくださいっ！」

彼は下着を脱がして私の下半身を剝き出しにすると、露わになった女陰に、その肉の〝想いの丈〟を突き入れてきました。

「あひぃっ……んあぁぁっ、んあっ、はあぁっ……！」

それはかつて味わったことのない、怒涛のような突き入れでした。敵を威嚇するコブラのように恐ろしく広がった亀頭の笠が膣内を荒々しく引っ掻き、極太の肉の幹が子宮に届かんばかりに奥の奥まで突きまくってきて……！

「あっ、だめっ……石森先生っ！　イク、私、イッちゃうぅ！」

「くあぁっ、西川先生……お、おれも……はうっ！」

古びたソファの上で、私たちは互いに果て、息を喘がせながら横たわり、私はもう感じすぎてしまって、しばらく動けなかったぐらいです。

石森先生との関係はこのときの一度だけですが、今でも私のことをもの欲しそうに見る彼の視線を感じるたびに、実は私も、秘めた女の芯の部分を熱く疼かせてしまっているのです。

■あたしとユイさんの四つの乳房が、怪しげな軟体動物のように這いずり回り……

大好きな店長を女二人で心ゆくまで責め立てて！

投稿者 鮫島彩子（仮名）／26歳／パート

あたし、誰もが知ってるような某大手外食チェーン店でパート勤めしてるんだけど、店長のKさんのことが大好きだったの。

Kさんは三十三歳で、綾○剛似の切れ長な目が素敵な和風イケメン。学生時代からやってるテニスを今も趣味で続けてるっていうことで、カラダも引き締まっててすっごいイケてるんだ。

なにせうちのダンナときたら、Kさんとほぼ同い年だっていうのにもうすでに中年太りが始まっちゃって、それはもう悲惨な有様。あんなみっともないカラダとじゃあ、エッチする気も起こらないってものよ。

あ〜、一度でいいからKさんとエッチしたいなあ……そう夢想するあたしだったけど、当然向こうは妻子持ちで、しかもすごい恐妻家らしく、彼とのイケナイ関係なんて、まあほとんどあきらめてたわけ。

ところが、事態が急変したのは三ヶ月前。

あたしの仲のいいパート仲間のユイさんが、こんなことを言ってきたの。

「ここだけのヒミツだけど、私、Kさんが奥さんじゃない女とホテルから出てくるところを見ちゃったの！」

「ええっ⁉　でも、Kさんってすごい恐妻家で有名だよね？」

「ふふん、ウソだと思ったら、ほらコレ」

ユイさんがそう言って見せてきたのは、その現場をバッチリ押さえたスマホの画像だった。あらら、こりゃまちがいなくKさんだわ。

「でさ、彩子さん、前からKさんとイイことしたいって何べんも言ってたじゃん？　だから、これを見せて脅して、黙ってる交換条件としてエッチさせるっていうのはどうかなって思って」

ユイさんの目が、すんごく悪い輝きでキラキラとあたしを見つめてくる。

そんな脅迫みたいなこと……って、一瞬躊躇したけど、さっきの画像のブス女（あくまで私見です）が彼とエッチしてるんなら、あたしだっていいじゃない！　っていう腹立ちまぎれの思いがムクムクと湧き上がってきちゃったの。

「うん、その話、乗ったわ！　やろう、やろう！」

「うふふ、じゃあ私も交じって、強制3Pやっちゃおう！」

こうして、あたしとユイさんはKさんにこのことを伝え、交渉の末、それから一週間後、まんまと彼をホテルに連れ込むことに成功したってわけ。

「ほ、本当に、今日エッチすれば、この画像は消去してくれるんだよね？」

そう念を押してくるKさんに、あたしたちは、

「はい、絶対！　それにしても、Kさんてばすごい恐妻家って話なのに、なんでこんな白昼堂々、浮気しちゃったんですか？」

と訊ね、するとKさんの答えはこうだったの。

「実は彼女、今の奥さんと結婚する前からのつきあいなんだ。腐れ縁ってやつかな。でもそろそろ、この関係も清算しなきゃって思ってたところだったんだけど……まさか、このタイミングで君たちに見つかっちゃうなんてなあ……ハァ～ッ」

そんな深いため息ついたってダメ。自業自得なんだから。

まあ、あたしたちとしては、おかげで思わぬラッキーだったわけだけど。

「とにかく、まずはみんなでシャワー浴びましょ。今日、けっこう暑かったものね」

というユイさんの号令で、あたしたちは服を脱いでバスルームに入ったわ。

もとより、あたしとユイさんはヤル気マンマン、二人して自慢のナイスバディを大

胆に見せつける感じだったけど、Kさんのほうはさすがに恥ずかしそうに手で股間を隠しててた。でも、その引き締まった細マッチョなカラダは思わず生ツバもので、あたしとユイさんはもう二人して自分を抑えきれずに。Kさんに群がってた。

「Kさん、ここまできたら今さら恥ずかしがってもダメよ～。ほら、その邪魔な手をどけて！　シャワーですっきりキレイにしましょうね～っ！」

あたしはシャワーヘッドを振りかざしてKさんの体にお湯をかけ、ユイさんは両手いっぱいにボディシャンプーの液体をとると、Kさんの肌に塗りたくり始めたわ。あたしもいったんシャワーを止めると、泡立て攻撃に参戦！

ヌルヌル、ブクブクと白い泡をKさんの胸に塗りのばし、たくましく張った胸筋とは裏腹に小粒な乳首に、クチュクチュ、ヌチャヌチャとからめていく。

ユイさんのほうはというと、濃厚にKさんの唇を奪いながら、もう股間に手を伸ばしてオチン◯ンに泡をからめ、玉袋まで一緒くたに包み込むようにして揉みしごいてる。すると、さっきまで少し縮こまるようにしてたKさんのソレは、あっという間にビンビンに勃起してきて、白い泡の中からパンパンに張り開いた赤黒い亀頭が覗いて……そのなんともエロいコントラストを見せつけられて、あたしもたまらず濡れてきちゃった。

「ああん、Kさんのすっごい大きくなってる……ステキ……」

ユイさんは声を上ずらせるようにしてそう言うと、豊満なボディ全体をKさんにからみつけ、全身をヌチョヌチョ、グチャグチャとのたくらせ始めて……。

「あ〜ん、ユイさんだけずる〜い！」

あたしのほうもガマンできなくなっちゃって、同じようにKさんに抱きついてた。泡まみれになった、あたしとユイさんの四つの乳房がKさんの胸を、背中を、怪しげな軟体動物のように這いずり回り、二人の濡れた太腿がKさんの下半身にからみつき、それぞれの下腹が競い合うようにして勃起したオチン○ンに粘着し、容赦なく揉みくちゃにしていく……。

「あうぅ……そ、そんなに責められたら、俺もう……！」

Kさんがそう喘いだ瞬間、彼ったらものの見事に射精しちゃって！

「あ〜あ、出ちゃった……」

あたし、思わずそんなガッカリした声出しちゃったけど、Kさんは、

「だ、大丈夫、こんな一発くらい、俺、全然平気だから」

と、頼もしいことを言ってくれて、このタイミングで、あたしたちは全身の泡をきれいに洗い流してから、いよいよベッドルームへと向かったの。

「Kさん、本当にまだいけるんでしょうねえ？　あたしも彩子さんもまだ全然満足してないんだから、ちゃんとしてもらわないと困るんだけどお」

三人揃って大きなベッドの上に上がると、ユイさんがドSチックにそう言い、

「そうそう、あたし早くKさんのオチン○ン、入れてほしぃ〜っ！」

と、あたしも同調して、Kさんの股間に取りつくと無我夢中でフェラチオを始めてたわ。しゃぶって、吸って、ねぶって、噛んで……一生懸命励むと、再びKさんのペニスは大きくなってきてくれた。

「ようし、じゃあ彩子さん、あなた先に入れてもらっていいわよ。私は口でたっぷり奉仕してもらうから。ね、Kさん！」

ユイさんはそう言うと、正常位であたしとKさんを合体させ、自分は仁王立ちになってKさんの顔の前に股間を突き出すと、ピストンしながらのオーラルプレイを強要したの。うわっ、こりゃ男としては過酷かも？

Kさんは命じられるままに、あたしのアソコを突きまくりながら、同時に顔をうつむけることなく顎を上げてユイさんのオマ○コを舐め続けたわ。

「ああ、ダメよ、もっと、もっと舌を激しく使って……あっ、そ、そう！　いいわあ……そこで吸ってぇ！」

「んぐぅ、うぷっ……んはっ、はっ、はっ……んじゅぶぅ……」

「あん、あっ、はぁん、あ、あ、いい、ああ、あああ～～～っ！」

ジュップ、ヌップ、ヌジュプ……ピチャ、ジュルル、ズチュプ……あたしとユイさん、二つのオマ〇コが立てるあけすけな淫音の中、三人の動物みたいな嬌声が響きわたって……。

「あん、あっ、あっ、あ……イ、イクゥッ！」

「ああっ、わ、私も……いいっ、イクッ！」

あたしとユイさんはほぼ同時にオーガズムに達しちゃってた。

そのあと、今度はあたしとユイさんがポジションを入れ替えて、また違った感じで絶頂感を愉しむことができたわ。

Kさんはその言葉どおり、あたしたちをたっぷりと満足させてくれて、まあ約束を守ってくれたというわけ。

あ～、キモチよかった！

第四章

働く奥さんの濡れ濡れ日報

■入れ代わり立ち代わりヴァギナには男たちのペニスが突き立てられ、口も犯され……

後輩社員の罠にはまり五人の男たちの慰みものになった私

投稿者 目加田くるみ（仮名）／35歳／OL

その頃、本当に私は煮詰まっていた。

夫との間での離婚調停は難航し、すごく不自由な別居生活を強いられ、勤めている証券会社でも、同じ次期ポストを狙うライバルの卑劣な策略に陥れられ、社内での評判をいたく落とし非常に難しい立場に追いやられていた。

あ～っ、くそっ！　まったくなんだっていうのよ！

ままならぬすべてに業を煮やした私は、思わず現実逃避を……行きつけのＢＡＲで独りカウンターの止まり木に座り、ウィスキーのロックのグラスを片手に焼け酒をあおっていた。

そのときだった。聞き覚えのある声に話しかけられたのは。

おや、目加田課長。こんなところで独りで飲んでるなんて珍しいですね？

あ、なんだ、誰かと思ったら椎名くんかあ。何よ、悪い？　私だって独りで飲みたいときだってあるわよ。

彼、椎名哲平（仮名／二十七歳）は、私の直属の部下ではないが、彼が新卒として入社してきて以来、同じフロアの別部署の後輩として何かと目をかけてきてあげた存在だった。どういうわけかけっこう気が合ったのだ。

向こうが勝手知ったる相手ということもあり、私は酔った勢いのまま、夫とのプライベートのことも、会社での憤懣についても、思わず彼にぶつけてしまっていた。

あ〜、そりゃひどいですねえ。課長、全然悪くないのに。

でしょ、でしょ？　ほんっとアタマにきちゃうわ、まったく！

まあまあ、そんなにカッカしないで。こういうときは何かもっとこう、パーッと気晴らしして、切り替えていったほうがいいですよ？　よかったら僕が絶好の気晴らしをお膳立てしましょうか？

え？　何それ？　絶好の気晴らし……ふ〜ん、面白そうじゃない？　うん、わかった、ソレ乗ったわ！

私はついつい、その場の勢いでそう答えてしまったのだ。

それから椎名くんはあちこちに電話をかけまくり、三十分後、すべてのお膳立てが整ったということで、私は彼に促されるままに店外へと連れ出された。

そしてエスコートされるままに連れていかれた先は、とある何の変哲もないマンションの建物だった。

ちょっと椎名くん、どこかお店とかじゃないの？　何ここ？

まあまあ、課長、大丈夫。僕に任せておけば悪いようにはしませんから、ね？

基本、彼のことはまあまあ信用はしていたので、そう言われて私は彼に導かれるままにエントランスを潜り、エレベーターに乗り込み、五階で降りた。

そして連れていかれた先は、廊下の一番奥の突き当たりの部屋だった。

椎名くんがチャイムを押すと、内側からドアが開けられ、見知らぬ若い男が顔を出した。椎名くんもなかなかのイケメンだが、この彼もかなりイケてた。

おう。この人が例の？　ふ～ん……確かに、けっこうな上玉じゃないか。

上玉？

急にぶつけられた輩《やから》めいた言葉に、私の心臓はギクリと震え跳ねた。

さあ、さあ、課長、どうぞ中へ。

私の動揺を見透かしたかのように、椎名くんが後ろからグイグイと押し、半ば強引に私は部屋の奥へと連れていかれ……そしてそこには、さらなる畏怖が待っていた。

十畳以上はあろうかという広い部屋に、椎名くんとさっきの出迎えてくれた彼以外に、なんと三人の男がいて、ソファに座って私のことを凝視してきたのだ。

三十五っていうからどんなオバちゃんかと思ってたら、けっこうイケてるじゃん！

ほんと、ほんと！　いいカラダしてる～！

うん、こりゃ楽しめそうだなあ。

口々に下卑たセリフが発せられ、私は思わず身をすくませながらも、ことの次第を把握しつつあった。

噂だと椎名くんはけっこうなヤリチンらしいけど、きっとここにいる連中はそのヤリ仲間なのだ。そして、このマンションはいわゆる〝ヤリ部屋〟……少し前にどこかのナンパ・サークルがこういう場所を使って問題を起こしたってニュースをやってたような気がするけど、きっとあんな感じだ。

私のそんな推察を裏付けるかのように、彼らは皆、揃いも揃って水準以上のイケメンだった。

ねえ、課長、大体の察しはついたんじゃないですか？　今日は僕らみんなで課長のイヤなこと、全部忘れさせてあげますよ。

椎名くんがそう言って背後から私の服を脱がせにかかると、他の四人もわっと群がってきた。私は突然のことに、最初こそ少し物怖じしてしまったが、そんな感覚も長くは続かなかった。五人のイケメンたちに揉みくちゃにされているうちに、恐怖感が興奮へと変わっていったのだ。

とうとう、ブラもパンティも脱がされ、全裸にされてしまった。

続いてイケメンたちも各々服を脱ぎ、ソファに横たわった私を見下ろす彼らの股間は、すでにもう反応し始めているようだ。

彼らは大きく三人と二人に分かれると、それぞれ私の上半身と下半身へと散った。

上半身の三人が各々のペニスを私の頭の周りに突き出してきて、私は一本を口に咥え、あとの二本を左右の手で摑んだ。そして、一人をフェラチオしながら、あとの二人を手で愛撫していく。彼らも束になって私の胸に手を伸ばしてきて、乳房をムニュムニュと揉みしだき、乳首をキュウキュウと摘まみ、よじりあげて……私は押し寄せるその快感に身悶えしながら、無我夢中でしゃぶり、しごきあげる。

んん……はっ、はぁ……んぶっ、んじゅぷっ……んんん！

おおう、いいぜぇ……舌のからみが絶妙で、このおしゃぶりサイコー！

ああ、手コキもいいねぇ……この亀頭のくびれをよじりあげてくる感じ、チョー気持ちいいっ！

んじゅぶ、んぶ、はぶぅ……！

ああっ、ヤベッ！　お、俺もう……ううっ！

あ～あ、なんだコイツ、だらしねえでやんのお！

い、いやあ……だって、気持ちよすぎてさあ……。

一人が私の口内で射精してしまい、ダラダラと口の端から大量のザーメンがこぼれ、滴り落ちていく。すかさず、手コキされていたもう一人のペニスが口腔内に突っ込まれ、私は再びフェラを開始した。

下半身のほうの二人、うち一人は椎名くんだが、こちらの動きも活発だった。椎名くんが私のクリトリスをチュパチュパ、コリコリと舌と唇でしゃぶり責めながら、ヴァギナの中に指を差し入れてグリグリと掻き回してくる。もう一人も私のアナルの奥深くに指を沈め込み、こね回し……そのなんだかヴァギナとアナルを隔てる薄膜一枚を挟んで、二人の指が私の内部で蠢いている感じが、たまらなくスリリングに官能的で……私は信じられないくらいの愛液を溢れ出させ、身をのけ反らせて感じ悶えてしまうのだ。

んは、はひ……ふごっ、んぶっ……んふぅ……！

ああ、もう俺、たまらなくなってきちゃったよ……最初に入れていいかな？

椎名くんが切羽詰まったような声で言い、

まあ、そもそもおまえの獲物なんだし、一番マ〇コはくれてやるよ。

サンキュー！

話がまとまったようで、椎名くんが私の上に覆いかぶさってくると、そのペニスがヴァギナの中にズブズブと侵入してきて……思いのほか肉太な圧迫感に、私はたまらず咥えていたペニスを放し、声を張り上げて悶え感じまくってしまった。

あっ、はぁっ……あん、あ、あん……んはあぁ～～～っ！

ああ、課長……はぁ、はぁ……ん、んくぅ！

椎名くんの腰の動きはとんでもなく苛烈で、その荒々しい責め立てに、思わず股関節が外れてしまうんじゃないかと思ってしまうくらいだった。

再び口に一本、両手に二本のペニスを当てがわれ、乳房を揉みまくられながら、そしてアナルも指で犯されつつ、私は椎名くんの肉棒の責めをこれでもかと受け止め……なんだか全身が爆発しそうな感覚の中でイキ果ててしまった。

膣内でドクドクと椎名くんの大量の放出も感じて……。

絶頂のあと、ほんの一瞬の放心状態に身を任せた私だったが、当然、肉の宴はまだまだこれで終わりではなかった。

淫らなローテーションは延々と続き、入れ代わり立ち代わりヴァギナには男たちのペニスが突き立てられ、口も犯され、乳房も蹂躙された。

一通り終わったとき、私の全身は、まるでいつか見たＡＶのように大量のザーメンでドロドロに汚されていた。

そのとき、朦朧とした意識の中で、椎名くんがそんな私のあられもない姿をスマホに収めていることに気づいた。

目加田課長、本当のこと言うと、僕、あんたのこと大嫌いなんです。だから言わせてもらえば、ダンナとのことも、会社のことも、ぶっちゃけみんな自業自得ですよ。みんな、あんたが悪い。あー、それにしても今日はあんたをメチャクチャにしてやれて、ほんとスッキリした！　さあ、これからはなんでも僕のいうこと聞いてもらいますよ。もし逆らったりしたら、この画像……どうなるかわかってますよね？

すべては椎名くんの仕組んだ罠だったのだ。

気づいたときには、もうすでに時遅し。

これから私、どうなってしまうのだろう？

■魅惑の亀頭がズブズブと膣奥に入ってくると、その圧倒的肉笠の圧力で肉襞を……

夫婦生活の欲求不満を職場で晴らす私たち

投稿者 三沢翔子（仮名）／25歳／デパート勤務

デパートの紳士服売り場で働いています。

昨年、同じデパートの渉外部に勤める夫と結婚したのですが、彼ときたらとにかく忙しくて……私はほとんど定時の二十時すぎには上がれるのですが、夫のほうはほぼ毎晩帰宅は深夜一時近くで、富裕層の常連客のために何かあれば即呼び出されるため、休みも満足にとれない有様です。

こうなると当然、まともな夫婦生活なんか望めません。

まだ新婚だというのに、お恥ずかしい話、私と夫がエッチした回数って、両手にも満たないいんじゃないかと思うくらいです。これじゃあ、いつまでたっても子供なんかできないいし、何より私、欲求不満でもう死んじゃいそうです。

だから、最近は考え方を変えました。

家でほとんど一緒にいる時間が取れないいんなら、比べればまだ一緒にいる時間の多い、職場でエッチすればいいじゃないって！

そのことを最初、夫に提案したときはさすがに引いてましたが、じゃあもう離婚する！　って泣いて騒いだら、渋々了承してくれたのです。

ところが、今じゃすっかり味をしめちゃって、夫のほうから誘ってくるようになったんですから、なんだか笑っちゃいますよね。

先週はこんな感じでした。

私の休憩時間と夫のフリータイムがほんの三十分ですが重なることが判明したので、私たちは瞬時にデパート内各所の環境状況をリサーチして、ちょうど同じ時間帯に六階にある従業員用休憩室が空いていることを突き止めました。

私たちはそのタイミング目がけて、夫婦間ＬＩＮＥでつぶさにお互いの現状を確認しつつ……そしてついに、待望のときを迎えることができました。

くだんの休憩室で落ち合うなり、私たちは立ったまま抱き合って情熱的なキスをしました。そしてお互いに服を脱ぎ始めたのですが、この塩梅が難しいところ。なにしろまだ全然勤務中の身ですから、スーツの上着をしわくちゃにすることもできず、かと言って時間は非常に限られている上に、休憩室は内鍵をかけることができず、いくら空いていることを確認済みとはいっても、百パーセント誰も入ってこないとは限らないのです。仕方なく私たちは、万が一のためにより迅速に通常様態に復帰できるよう、スーツの上着は脱ぐものの、その下のYシャツ・ブラウスは着たまま、夫は下着とズボンを膝までずり下ろした格好、私はスカートは穿いたまま、でもパンストとショーツは同じく膝まで下げた格好という、なんともカッコ悪い姿でことに及ぶしかありません。あ、もちろん靴も履いたままです。

「ああ、はぁ……雅彦さん、んっ、ふぅ……」

「はぁ、はぁ、はぁ……しょ、翔子ぉっ……」

私は夫の前にひざまずくと、もうすでにだいぶ立ち上がってきているペニスを口に含み、濃厚にしゃぶり始めました。前もって口紅は拭き落としてあるので、それでグシャグシャに汚れることはありません。

私の唇と舌の動きに翻弄されて、夫のペニスはさらに勃起していき、赤黒い亀頭の笠がパンパンに大きく張り出していきます。ああ、これこれ、これが私、大好きなの……結婚前、私は四人の男性とそれなりのおつきあいをしてきましたが、ここまで見事な亀頭を持った相手は一人もいませんでした。一番最初に夫とエッチしたとき、そのあまりの衝撃的快感に、しばらく腰が抜けたようになって立ち上がれないくらいだったのです。

「ああ、翔子、お、俺もおまえの……」

　夫がそう言い、私を休憩用ソファに髪型セットが崩れないようやさしく押し倒すと、可能な限り両脚を広げさせて、今度はアソコを愛し始めてくれました。

　たぶんすっかり膨らんでいるに違いない肉豆を舌先でつつき転がし、時折チュルル～と吸い上げて……興奮にヒクついている肉ビラを舐め回し、奥に突っ込むように激しく掻き回して……。

「あふっ、あああん、ま、雅彦さぁん……ああっ！」

「翔子……はぶっ、じゅる……ダメだよ、そんな声張っちゃあ……んじゅっ、ぬぷっ……外に聞こえちゃうから……じゅぶっ、んじゅるぅ……」

「あ、あん、そ、そんなこと言ったってぇ……はひぃ、キモチいいのぉ……ねえっ、お願い、もう入れて……雅彦さんのオチン〇ン……！」

　私はもう限界まで性感が高まってしまい、恥も外聞もなく夫にペニスの挿入をねだっていました。

「ああ、俺ももうたまんないよ……」

　夫はそう応えると、待望のペニスを私のアソコに沈め入れてきました。

　あの魅惑の亀頭がズブズブと膣奥に入ってくると、その圧倒的肉笠の圧力で周囲の肉襞を蹂躙しながら、ゆっくりと抽送を始め、そして徐々に速度と深度を増していって……えも言われない肉の引っかかりが、たまらない快感をもたらします。

「あ、あ、ああ……す、すご、ま、雅彦さん……んあっ……」

「翔子、翔子……あ、ああっ、いいよ、翔子のオマ○コォ……」

もう二人ともすっかり我を忘れてしまい、淫らな声を張ってヨガってしまいます。

そして、一段と夫の肉笠の膨張感が増したかと思うと、

「ううっ、翔子っ、もう……あうっ、で、出そう……」

「ああっ、きて、雅彦さん、思いっきりいっぱい、出してぇっ！」

熱く大量の夫の精の放出を胎内に感じながら、私もイキ悶えていました。

この時点でタイムリミット五分前。

私たちはそそくさと身づくろいを済ませると、何事もなかったかのようにオンタイムの顔に戻って、お互いにそれぞれの持ち場へと戻ったのです。

そもそも、家での夫婦生活不足解消の苦肉の策として、やむにやまれず始めたこの職場エッチですが、今ではむしろ、こっちのほうがスリリングで気に入ってしまっている私と夫なのです。

■いつの間にか、乳首の痛みもアソコの衝撃も、えも言われぬ快感に変わっていて……

勤め先の会長にドMな性癖を開発されまくって！

投稿者　森めぐみ（仮名）／27歳／秘書

　わたし、主人と結婚してもう三年になるんだけど、正直いうと、ずーっとこう、なんか違うなあって思ってて……え、何がって？　そりゃもちろん、セックスの相性っていうか、嗜好性っていうか……そんなの結婚する前にちゃんと確認しとけっていう話だけど、親の紹介で半分見合いみたいな感じだったから、結婚がもう既定路線みたいなもので、そんなの確認してる余裕がなかったのよね。

　主人は公務員で真面目な上に性格もよく、将来的にもめちゃくちゃ安定してて、人生の伴侶としては申し分のない人。セックスもそれなりに積極的に励んでくれて、決して下手っていうわけじゃなく、普通にイかしてくれるんだけど、なんだろなー、このモヤモヤした感じは……？

　と、そんな疑問が解消されたのは、わたしがそれまで所属してた営業部から、総務部秘書課へと異動したのがきっかけだったの。

わたし、もともと秘書検定なんかも持ってたから、この人事自体にはそんなに抵抗なかったけど、驚いたのはなんと……うちの会社の会長付けの秘書になっちゃったこと！　会長は御年七十歳で、社の創業者として、わたしら一介の社員からしたら雲の上の存在みたいな人。もう、うひゃーっ、なんかヘマやらかして、怒らせちゃったらどうしよう？　って感じだったわけ。

ところが、実際には会長、すっごくやさしい人で、わたしの心配は杞憂だった……どころか、ある日、面と向かってこんなこと言われちゃったの！

「森くん、ぼくこう見えてもね、これまでそりゃもうたくさんの女性とつきあってきて、そのおかげか、相手についてたいていのことなら見通せるようになったんだ」

「……はあ？」

「そんなぼくが言うんだから間違いない。森くん、君、自分が相当なドMだってこと、わかってるかい？　……いや、わかってないな。だからたぶん、ダンナさんとのエッチでも今いち満足できなくて、なんかモヤモヤしてるんじゃないのかい？」

ず、ず……図星すぎる！　何このじいさん⁉　なんでそんなことまでわかっちゃうの？

「ふふ、その顔を見ると図星だったみたいだね。よし、じゃあこうしよう。ぼくが手取り足取り、君に一番適したプレイをレクチャーしてあげるから、君はその教わったとおりを、先々のダンナさんとのエッチに活かしなさい」

とまあ、こんな感じで、会長自ら、ドMなわたしを悦ばせるために腕を振るってくれることになったの。もちろん興味はあったけど、半分業務命令みたいなものだから、断るっていう選択肢はあるわけないよね？

翌日の金曜日。

わたしと会長は運転手さんがハンドルを握る社用車で、会長が定宿にしているという某高級ホテルへと向かった。表向きは会長が古くからの友人と会食をし再会のときを楽しみ、その間、わたしは別室で待機してるってことになってるけど、それが建前だってことは運転手さんも織り込み済み。これまで何度も、会長がちょっとした火遊びをする現場に同行して、他言無用を貫いてきてるみたい。

「それでは午後四時にエントランスに車をつけますので、どうぞそれまでごゆっくり」

運転手さんはそう言って会釈すると去っていき、会長はわたしを伴っていつもの部屋へ。ホテル最上階にある、すんごくいい部屋だったわ。

するといきなり会長が言った。

「さあ、服を脱いで素っ裸になるんだ。そしてメス犬みたいにそこへ四つん這いになりなさい！」

その声は、いつもの柔和な雰囲気とは違って、まるで威嚇するような重々しさに満ちていて、わたしはうろたえながら従うしかなかったわ。

わたしが言われたとおり全裸になって、アームチェアに座る会長の前で四つん這いの格好になると、会長はスーツの懐から二つの洗濯ばさみを取り出してきた。そして、

「ふーん、いかにも淫乱そうなカラダをしてるじゃないか。ほら、乳だってこんなに淫らにタプタプと揺れて……こんないやらしすぎるカラダは少しお仕置きをしてやらんとな」

と言いながら、わたしの左右の乳首を洗濯ばさみで挟んできたの！

「ひぃっ……い、痛いです、か、会長……つぅっ……！」

「それくらいガマンしろ！　ほら、こっちもこれでお仕置きだっ！」

会長はわたしの背後のほうに回り込むと、今度はさらにアソコに何やらバイブのようなものを突っ込んできて、それを抜け落ちないように粘着テープで固定しちゃって。

そうして再びアームチェアにどっかりと腰を下ろすと、手にしたリモコンのスイッチを入れて……途端にアソコにたまらない振動が襲いかかってきたわ。

「あうぅ……そ、そんなぁ、か、会長っ……！」

　ジンジンと乳首に広がる痛みに加えて、アソコの中を振動しながらウネウネとのたくる被虐の感覚が責め苛んできて、わたしの中をなんだか言いようのない昂ぶりが満たしてくるの。

「あ、ああ、はぁぁぁ……くはっ……」

「ほら、何バカみたいに喘いでるんだ！　メス犬ならメス犬らしく、そのままご主人様に奉仕しなさい！」

　会長はおもむろにズボンのファスナーを下ろして、ペニスを取り出してきたのだけど、これがまた、とても七十歳のご高齢とは思えない勢いでビンビンにたくましく勃起していて、わたし、驚いちゃった。

　あとから聞いたら、ちゃんとED治療薬を呑んで準備してたらしいけど、そのときのわたしにそんな頭が回るわけもなく、嬉しい驚愕を覚えながら四つん這いのまま這いずり、会長のペニスを無我夢中でしゃぶってたわ。いつの間にか、乳首の痛みもアソコの衝撃も、えも言われぬ快感に変わっていて、わたしの興奮度は高まる一方！

「ほらほら、もっと丁寧にねぶらんか！　粗いぞ！　そんな馬鹿メス犬にはこうだ！」

　会長はリモコンの目盛りを上げ、途端に私のアソコの中のバイブは暴れっぷりを増し、もうその刺激ときたら……！

「ひっ、ひぃぃぃぃっ……はぐっ、んふぅ……うぐっ！」

わたしは失神しそうな勢いで会長のペニスを入念に舐めしゃぶり、そうすると、いきなり会長がわたしのことを立たせてきた。そしてアソコに刺さり固定されたバイブをズルリと抜き出すと、自分の股間の上に座らせて下からペニスを突き入れてきたの。もうその気持ちいいことといったら……！

「ひあっ、会長、すごい……すごくいいですぅ……あひっ、ああっ！」

会長の膝の上で必死に腰を振るわたし。そしてその乳首を挟んだままの洗濯ばさみを指でピンッと弾かれて、それがまたビリビリとイタ気持ちよくて……！

「ほらほら、淫乱なメス犬らしく、悶えまくってイキ果てろ！　さあ、中で出すぞ！しっかりマ○コで飲み干すんだぁっ！」

「ひぃっ、あう……イ、イク、イク～～～～ッ！」

わたしは狂ったように、これまでに感じたことのないような絶頂に達してた。ドMな性癖を刺激されながらのエッチが、まさかこんなにいいものだったとは！

このあと、会長に教えてもらったとおり、少しずつ主人とのセックスにこのノウハウを持ち込み、夫婦生活の充実に向けて励んでいるってわけ。

■彼は喜々として、私の口に硬く勃起してきた男根をねじ込み、無理やり喉奥へと……

運命のイタズラ？　下剋上肉奴隷に貶められた私

投稿者　中田麻美（仮名）／36歳／OL

まさか、こんな皮肉な運命のめぐり合わせがあるなんて。

私は会社で、主任というある程度責任のある立場を任されているのですが、出来の悪い部下にいつも頭を悩ませていました。

黒田（仮名）という三十歳の男性社員なのですが、もうほんとに何一つ満足に仕事がこなせなくて……業を煮やした私は毎日のように彼を叱り飛ばし、

「まったく、こんな簡単な計算もできないなんて、もう一回小学生からやり直したほうがいいんじゃない？」

「あ～っ、あなたの説明聞いてると、あまりに要領を得ないんで、ほんとイライラしちゃうわ！」

「ねえ、もういい加減、辞めてくれない？」

と、今どきならほとんどパワハラで訴えられてもおかしくないような暴言を浴びせ

るのも、日常茶飯事だったくらいでした。

ところが、そんな彼がまさか、息子の少年野球チームのコーチになるなんて……。実は高校時代、甲子園出場経験もあるくらいの選手だったらしいのです。

「僕がコーチを引き受けたからには、最低限、地区大会での優勝は約束します！ その代わり、練習は厳しいし、選手の保護者の皆さんにもそれなりの援助をお願いしたいと思いますので、どうぞよろしく！」

とある土曜日の練習の前の、彼の赴任初日の挨拶。

なんでこいつが……と、なかば呆然としている私と目が合い、彼はニヤリと笑ったように思いました。まあ、無理をすれば、このバツの悪さを回避するべく、息子を他のチームに移籍させることもできなくはなかったのですが、このチームに馴染み、必死で練習している息子の様子を見ると、やはりはばかられました。

こうなると当然、会社での彼に対する私の対応にも、いやが上にも自制がかかってしまうというもの。

「主任、最近、黒田さんに対して当たりがソフトになりましたよねえ？ 彼も反省して、だいぶ仕事的にも改善されたんですか？」

と、周りから訊かれるほどでしたが、そんなわけありません。

ただひたすら、息子を彼に預けている母親として、極力彼の機嫌を損なわないように気を遣わざるを得なくなっているだけなのです。

そして、それからしばらく後に大会があったのですが、息子はこれまで守り続けていたレギュラーの地位を外されてしまいました。

あまりのショックに魂が抜けたように落ち込む息子のことが見ていられず、ある日の練習のあと、私は黒田に直訴していました。

「実績的にも、誰がどう見てもうちの息子以外、レギュラーはあり得ないはず……一体何が悪かったっていうんですか？」

すると彼は、

「それは今ここでは言えませんねえ。どうしても聞きたいっていうんなら、明日の日曜、僕のアパートまで一人で来てください。そしたら説明してあげますよ」

と、不敵な笑みを浮かべて言いました。

その顔があまりにも陰湿なものだったので、私はかなり躊躇したのですが、結局は息子のためにも、彼のアパートを訪ねることにしたのです。

教えられた住所を頼りに行くと、そこは六畳の１ＤＫの、いかにも独身男性の一人住まいらしく、コンビニの袋や衣類やらで乱雑に散らかり、さらにはなんと布団が敷きっぱなしになった部屋でした。

さすがに三和土《たたき》を上がるのにもかなりためらっている私に対して、彼は、

「いやなら今すぐ引き返してもいいんですよ？　まあその代わり僕の目の黒いうちは、息子さんのレギュラー復帰は絶対にあり得ないけど」

とうそぶき、そう言われるともうどうしようもありませんでした。

私は靴を脱いで板張りのダイニングキッチンを抜けると、奥の六畳の和室へと入りました。そして極力布団から距離をとって座ろうとしたのですが、狭い室内、それもかなわず、どうしても正座した足の端が布団に触れざるを得ず……。

「で、一体息子の何が悪くて、レギュラーを外されたんですか？」

私はその居心地の悪さに体をもじもじさせながら問いました。

すると、彼の返事は……、

「いや、息子さんに悪いところなんて一つもないですよ。ほんと、すばらしいプレーヤーだ。ずばり言いましょう。悪いのは……主任、あんたのほうだ」

と言い、いきなり私を布団の上に押し倒してきたのです。

「やっ！　……ちょっ、やめて！　一体何を……！」

「マジ、これまでどのくらい、あんたの高圧的な態度と暴言のせいで心をズタズタに

されてきたことか。本当に毎日、会社に行くのが苦痛で。でも、どういう運命のイタズラか、そんなあんたの息子が所属する少年野球チームのコーチの話が舞い込むなんてね……これはもう、神様が復讐しろって言ってくれてるって、ね！」

彼はそう言いながら、私の服を引きむしり始めました。

ひょっとしたら、死に物狂いで抵抗すれば、この窮地を脱せられたかもしれません。でも、結局私にはできませんでした。今このときの私の態度一つ、彼の機嫌一つで、息子の今後が大きく左右されてしまうかと思うと、黙って身を委ねるしかなかったのです。

「はぁ、はぁ、はぁ……ぶっちゃけ、女としてのあんたは、たまらなく好みだったんだ。なのに、そんな相手から毎日クズみたいに扱われて……いつか絶対、ぐちゃぐちゃに犯しまくってやるって、俺、誓ったんだ！」

彼は熱にうかされたように昂ぶって語り、ブラジャーを剝ぎ取られて露わになった私の乳房を力任せに揉みしだきながら、食いちぎらんばかりの勢いで乳首を吸い搾ってきました。

「あっ……くぅ、い、痛いぃ……あうう……」

「うるさい！　そんなこと言って乳首ビンビンにおっ立ってるじゃないか！　ほんと

はキモチいいくせに……あんただって一人暮らしの男の家に来るっていうのがどういうことか、わかってたはずだぜ。ほら、早くしゃぶれよ！」

黒田は私の髪の毛を持って引っ張ると、フェラを強要してきました。突き出された男根が顔に近づくと、ムッとすえたような臭いがしました。今どき風呂のないアパート……昨日の練習のあとも、きっと体を洗ってなどいないのでしょう。

「ほら、そんないやそうな顔するなよ、汗とチンカスが混ざって、きっと美味いぜぇ」

彼は喜々として、私の口に硬く勃起してきた男根をねじ込み、無理やり喉奥へと押し込んできました。

「んぐっ！　はぐぅ……ぐふぅ、うぶぅっ……！」

彼は腰をピストンさせて私の喉奥を犯し、私はあまりのつらさに思わずえづき悶え、嘔吐してしまいました。幸か不幸か、昨晩から今朝にかけてまったく食欲がなく、ろくにものを食べていなかったおかげで、ほとんど吐くものはありませんでしたが。

「ほらっ、フェラはもういいっ！　マ○コいじらせろ！」

彼はそう言って私をうつぶせの格好で布団の上に押さえつけると、ジーンズと下着を剝ぎ取って、露わになったアソコに力ませに指をねじ入れてきました。

「あひぃ……くふぅ、んぐっ、あううう……！」

彼の太い指が膣内を執拗に掻き回してきて、でも、ひたすら痛いだけで濡れるわけもありません。しかし、彼はおかまいなしに振りかざした男根をグサッとそこに突き入れてきました。

「あひっ！　んんあぁ……あ、あああぁ～～っ！」

彼の腰の律動のたびに、絶え間なく襲いかかる激痛にひたすら耐えるだけの私。

「ああ、俺、今あんたを犯してるんだ……やってやったぞお！　ざまあみろ、このクサレ女があっ！　おら！　おら！　おらあぁっ！」

彼のテンションは際限なく昂ぶっていき、とうとう頂点に達すると、身勝手なまでの大量の射精を私の膣内に注ぎ込んできました。もちろん、私のほうは快感を覚えることもなく、死んだようにそれを受け止めるだけでした。

その後、息子は無事レギュラーの地位に復帰しました。

でも、その見返りとして、私はこれまでとは逆に、仕事上の黒田のミスをひたすら庇い、フォローし……そして時折、彼に乞われるままに身を捧げ、肉体を蹂躙されることに甘んじる日々を送っているのです。

■すぐ耳元の義父の息遣いが荒く激しくなり、お尻に熱い昂ぶりが押し当てられて……

義父と私の禁断の裸エプロンSEXエクスタシー

投稿者 潮路みちる（仮名）／24歳／パート

義理の父と禁断の関係を持ってしまいました。

そういうと、まるで老練な年上の男の手練手管によって嫁の私がハメられたかのような印象を持たれるかもしれませんが、事実はその逆です。

最初に義父のことを好きになってしまったのは私なのです。大好きな父を早くに亡くしてしまい、けっこうなファザコン傾向にあった私は、義父に初めて会うなり一目で好きになり、いつも彼と一緒にいたいばかりに、その息子である夫をロックオンして嫁の座へと納まったのです。

もちろん、夫はそんなこと、これっぽっちも知りません。

でも当然、義父にはそのことを打ち明け、最初は驚き、かなり抵抗があったようですが、最終的には私の熱く深い想いを受け入れてもらえました。

義母は私が嫁入りする二年ほど前に病気で亡くなっているため、今私たちは夫の実家での三人暮らしということになります。

ついこの間、待望の……と言ったら申し訳ないかもしれませんが、夫が三泊四日で出張に出かけ、その間、私と義父は二人だけの時間を持てることになりました。

私はパート勤めが終わると、待ちきれない思いで家路を急ぎ、義父が役員を務める会社から帰ってくるのを待ちました。

午後七時半すぎ、義父が帰ってきました。

もう何度目かの二人だけの家での時間ですが、何度味わっても、言いようもなく昂ぶってしまいます。なにしろ、今この時間こそが私の真の結婚生活といえるものなのですから。

「みちるさん、今日は私のリクエストを聞いてもらってもいいかな?」

「え?　もちろんいいですけど……なんでしょうか?」

私が義父の思わぬ言葉に、そう問い返すと、義父は、

「実は昔から、その……裸エプロンというやつに憧れていてね。今日はそれでお願いしたいと思っているんだが……」

私は、今年六十二歳になる義父のなんとも可愛い（?）リクエストに、二つ返事でOKしていました。

「もちろん、お義父さんが望まれるのであれば、私は喜んで」

夕食を済ませ、いっしょにお風呂に入ってラブラブ感満点でお互いの体を洗いっこすると、私たちは軽く体を拭いたあと、裸のままダイニングキッチンへと向かいました。そして私は裸の体にエプロン一つというういで立ちになりました。

「これで、台所仕事をすればいいんですね？」

私は義父に確認すると、シンクに向かってさっきの夕食の食器の洗い物を始めました。ジャージャーと水道を流しながら、お皿や茶碗をジャブジャブと洗って……すると、背後から見えない圧力を感じ、続いてエプロンの両脇の隙間から義父の手がスルスルと忍び入ってきました。そして、手のひらで私の両の乳房を包み込むようにすると、フニュフニュと柔らかく、やさしく揉みしだいてきました。

私は新妻になりきった気分で、いかにも恥ずかし気に言います。

「あん、だめよ。まだ洗い物が終わってないんだからぁ」

「いいじゃないか……もうガマンできないんだよ。私にとってのメインディッシュは君なんだから」

おおっと、名ゼリフ、いただきました！

私は微笑ましい気分になりながらも、義父の巧みな指の動きに乳首を尖らせ、感じ入るままにカラダをもぞもぞとくねらせました。

「はぁ、はぁ、はぁ……み、みちる……」

すぐ耳元の義父の息遣いが荒く激しくなり、お尻に熱い昂ぶりが押し当てられてくるのがわかりました。それは本当に火が出るように熱くて、明らかにとても硬くて……ここまでいきり立った義父は初めてでした。

おそらく、これまでの私との関係では、まだまだモラル的抵抗と息子への申し訳なさとが邪魔して、心からのめり込むことができなかったのが、そのうち慣れてくることによって、心からリラックスして欲望をぶつけられるようになったのでしょう。私としても嬉しいばかりです。

義父の昂ぶりは、私のお尻のワレメに沿ってスリスリと蠢き、時折ぐっと沈み込んだかと思うと、その先端が股間前方の女陰の秘裂に触れてきて……その度にゾクゾク、ジュンッと胎内が熱く疼き、はしたなく濡れ湿ってしまいます。

乳房を揉む手もますます荒々しく激しくなっていき、股間への刺激と相まって、言いようのない快感が私の全身を包んでいきました。

「ああっ、お、お義父さん……私、もうなんだかたまらないです……お義父さんのオチン〇ンが欲しいっ……早く、早く入れてくださいぃ！」

私がたまらずそう声を張ると、義父も、

「ううっ、私ももう辛抱たまらんよ……いいね、入れるよっ！」

切羽詰まったような声でそう言うと、背後から全身をぐっと密着させ、次の瞬間、引き裂くような熱く硬い感触が私の中に……っ！

「ひあっ、はぁっ……んああっ……お、お義父さぁん……！」

「おおっ、みちるさん……みちるさんの中、すごく熱くて……私のをキュウキュウ締め付けてくるよおっ！」

背後からの義父の抜き差しはますます激しさを増していき、それに応えて私のエクスタシーも止めどなく高まっていきました。

そして、ついに訪れた絶頂感にカラダを震わせながら、私は自分の中で放出された義父の精が、ツツーッと内腿を伝い落ちていくのを感じていたのです。

翌日の土曜、私は一日中、家で義父と乳繰り合いながら、この幸せな生活がいつまでも続いてほしいと願っていたのでした。

■ケイコさんは、お互いの乳首をこすり合わせたまま、下のほうに指を伸ばして……

初めてのレズHのクセになりそうな快感に大満足！

投稿者　民元千沙（仮名）／23歳／アルバイト

もうびっくりしちゃった！

だっていきなり、バイトの先輩のケイコさん（二十六歳）から告られちゃったんだもの。アタシ、中・高と女子校だったけど、そのときには一回もそんなことなかったっていうのにね〜……。

「で、でもアタシ、今まで女同士のつきあいなんて体験したことないし、それに結婚だってしてるし……」

「そんなの私だってしてるわよ。でもね、それとこれとは違うってこと。ね、騙されたと思って、一回私とつきあってみてよ。絶対後悔させないからさ、ね？」

いや〜、もう、ケイコさんったら押す押す！

なんだかそこまで言われると、アタシのほうも一回経験してみるのも悪くないかなって、思い始めちゃって。アタシ、自分で言うのもなんだけど、胸はHカップあって、でも引っ込むとこはちゃんと引っ込んでて、いわゆるダイナマイトボディってやつ？　ケイコさんは逆に、自分では「貧乳でいやんなっちゃう。あなたみたいな女の子がほんと、憧れだったの」って自虐めいて言うくらい……まあ、よく言えばスレンダーなモデル体型ってやつで、そこまで言われると、アタシもまあ悪い気もしなくって。それに、トラック運転手してるダーリンもここ数日、九州のほうに仕事で出張ってて、タイミング悪く、もう十日もエッチしてないもんだから、ちょっと欲求不満気味なのもあって、結局ＯＫって言っちゃった！

で、こっちはタイミングよく、ケイコさんのダーリンも出張中で留守ってことで、夕方の四時すぎに勤め先のホームセンターのシフトを終えたアタシたちは、ケイコさんちのアパートに向かったのね。

一応お風呂に入って身ぎれいにしたあと、アタシとケイコさんは全裸でベッドに上がったんだけど、よその夫婦のベッドに寝るって、ちょっとドキドキものよね？　なんだかそれだけでアタシ、ヘンな感じで興奮してきちゃった。

「はあ、ほんと、大きくて白くて柔らかくて……すてきなオッパイ……いっぱい舐めさせてね」

ケイコさんは熱いため息をつきながらそう言うと、アタシの上に乗っかって両手で左右のオッパイを摑み、ゆっくりと大きく揉み回しながら、乳輪がひときわ大きくて少しコンプレックスなアタシの乳首に吸いついてきて。とっても長～い舌をチロチロと伸ばしながら、からみつき、吸い上げてきて。

「あうん、ううっ……はぁ～～ん……」

いつものダーリンの厚みのある舌で舐められるのとは全然違う……繊細なっていうの？　すっごく柔らかで微妙な動きで乳首をコロコロ転がされ、チュプチュプと舐め吸い上げられると、どうにもたまらなく気持ちよくなっちゃって。

「ふふ、どう？　ダーリンもいいけど、お互いの性感を知り尽くしてる女同士の愛撫も、またいいものでしょ？　これでも私、それなりに経験積んだテクニシャンだからね……ほら、こんなのはどう？」

ケイコさんはアタシのトロンとした目を見つめながら、今度は自分の乳首をアタシのにからみつけ、こすりつけてきて……その様子は見るだにエロチックな上に、舌とはまた違う妖しい快感が流れ込んできて……！

「あうっ、ちょ……それ、すんごい気持ちいいですぅ！　……はあっ！」

「ああ、私もいいわあ、千沙さんの乳首、プリプリしてすっごくいい感じ！」

それからケイコさんは、お互いの乳首をこすり合わせたまま、下のほうに指を伸ばして、アタシのアソコに触れてきた。これまた男のごついそれとは違う、細くてしなやかな指でクリちゃんをこねられ、アソコの中をニュルニュルと掻き回され、抜き差しされると、ほんと気持ちよくって、思わず背をのけ反らせてヨガっちゃった！

「あひっ、ひっ……ひあぁぁっ……す、すご～い～っ！」

「はぁはぁはぁ……じゃあ、千沙さん、今度はお互いに舐め合いっこしてみない？オマ○コ舐めるのイヤじゃなきゃ……」

ケイコさんにそう問われたとき、正直アタシ、一瞬抵抗を感じたんだけど、すぐに開き直って、こう言ってた。

「うん、いいわ、アタシもケイコさんのオマ○コ舐める！」

「ほんと？　嬉しいっ！」

ケイコさんは輝くような笑顔でそう言うと、アタシの上で体を上下逆に回転させて、アタシのオマ○コに唇を寄せてきて……アタシもちょうど目の前の真上にあるケイコさんのオマ○コに、首を少し上げる格好で口を寄せていって……。

ケイコさんの長い舌がアタシの中で蠢いて、肉のひだひだを掻き回すように舐め上げてくると、アタシもその快感に酔いしれながら、アタシだって負けてられないって気持ちになって、ケイコさんのオマ○コにむしゃぶりついて……ケイコさんももうグチュグチュに濡れてて、滴る愛液がまるで雨のようにアタシの顔に降り注いで。

「あふん、はあん、いいっ……んじゅっ、んはぁっ……千沙さぁん！」

「アタシもいいのぉ！　ケイコさぁん……！」

お互いにさんざん舐めしゃぶり合ったあと、今度はケイコさんが取り出してきた、両端がバイブになった、なんともいかがわしいレズビアンH用の双頭のグッズを使って、アタシたちは二人つながるようにして愛し合っちゃった。

お互いが動く度に、両方のオマ○コにバイブが食い込んで、もう何がなんだかわかんないほどキモチいいの！

「あっ、あっ……も……もうダメ、イ、イク～～～～ッ！」

「はふっ、はぁ、あん、あん、イッちゃう～～～～っ！」

って、とうとう、アタシたち、オーガズム・フィニッシュしちゃった。

今のところ、ケイコさんとのレズHはこのとき一回きりだけど、もしまた誘われたら、きっと二つ返事でOKしちゃうだろうなぁ。

だってそのくらいキモチよかったんだもの！

■これでもかというほど膨れあがった部長のペニスが私の膣の中で淫らに上下動して……

部下と上司とダブルの肉棒を味わう私の快感ライフ

投稿者 宮内妃呂美（仮名）／34歳／OL

「アン……アン……イイ……当たってるぅ……」

「ここですかぁ？　ハァハァハァ……」

「うん、そこ……もっと揺すってぇ～」

午後九時半のオフィス。

ほとんどの社員はとっくに退社し、残っているのは私と部下の井出くん（仮名・二十六歳）だけ。午後十一時に守衛の見回りがやってくるまで、まだ一時間以上も楽しめる。私は椅子に座って下半身丸出しの井出くんにまたがっている。パンティを脱いでね。つまり騎乗位真っただ中ってこと。

「今日は三回イかせて」

「ほんと、欲張りですねぇ、妃呂美さんは……」

笑いながら、はだけたブラウスの中に顔を埋め、器用にブラジャーの下から口を這わす。チュパチュパと音を立てて乳首を吸われるたんびに子宮もピクつく。

「アア、イイ～～」

「そんなに激しく腰を振ったら……アア、もう出ちゃいそうですよ」

「まだ、だめよ。出したら明日も残業させるわよ！　ハァハァ……」

「わ……わかりましたよお、が、がまんしま……す……」

「そうよね、早く帰らないと新妻が待ってるんだもんねぇ？　ハァハァ……」

「い、意地悪言わないでくだ……さい……よ」

恍惚の表情を漂わせる井出くんは、日中の真面目仕事人間の彼とは別人のようだが、私はどちらの井出くんも好きだ。

（ふふ、やっぱりあの日、思い切って行動に出てよかったわ）

それはつい二ヶ月前のこと。

早期退職者二名の送別会があったのだが、幹事役だった井出くんが翌日経理に提出しようとしていた経費領収書が改ざんされてることに気がついた。

「井出くん！　雑貨屋の領収書に数字の一を書き加えたわね？」

「え、あ、あの……」

「ボールペンの濃さが微妙に違ってるからわかるのよ！　第一、あんな送別品に一万八千六百円もかかるわけないじゃない！　一万円くすねてやろうとしてたんでしょ！」

「す、すいません！　つい出来心で……もう二度としませんから。お願いします、見逃して下さい！」

誰もいない会議室で井出くんは私に土下座をして謝った。

「う～ん、どうしようかなぁ……こんなこと、奥さんが知ったら泣くわよねぇ」

「それだけはどうかお許しを……なんでもしますから、許してください！」

（なんでもしますから……？）

「ふーん。ホントになんでもするっていうの？　じゃあ私を抱いて、って言えば抱くわけ？」

クスクスと笑いながら土下座してる井出くんの顔を覗き込んでみた、その時。

ガバッと顔を上げた井出くんは私の唇一直線に向かってきた。ブチュ～～～～。唇を吸われた、というより食べられた、という言い方のほうが正しいかもしれない。

「んんんぐ～～～～～」

中腰のまんま、彼は左手で私の頭を押さえつけながら、右手でカーディガンとブラウスのボタンを引きちぎるように外し、ブラのワイヤーの下から指を入れ乳房をまさぐり、乳首を摘まんできた。抵抗したいのに、「アン……アン……」よがり声しか出てこない。気がつくと私は会議室のテーブルの上に寝かされてパンティを剝がされ、大股を開いて井出くんの熱く大きなペニスを受け入れ、何度も何度もイカされてた。

それ以降、一週間に一度はまぐわっていた。わが社は基本残業禁止、サービス残業したとしても午後八時にはオフィスはもぬけの殻となる。私と井出くんは一旦は退社し、その後八時過ぎに戻ってくるのだ。ラブホなんかでのセックスより何十倍も感じる、まさにこれが本当のオフィスラブ！

そして今夜も私と井出くんは激しく合体している。

ピカッピカッ……突然の稲光。パンパンパンパン……デスクの上で四つん這いになった私と彼の結合部分が鳴っている。ピカッピカッ、また稲光。雨が降ってくるのかも……天気予報外れたわね、傘持ってきてない……パンパンパンパン……。

「アア、イクイクイク〜〜〜」

「ハァハァハァハァ……私もイク〜〜〜ッ！」

オフィスは再び静けさを取り戻した。何食わぬ顔で、如何にも残業してくたびれた……という態度で二人で社を後にする。挨拶もおざなりに、絶対誰にもばれないように細心の注意を払って。

ところが翌日の退社間際のこと。

隣りの部署の山本部長に応接室で待つように言われた。万年仏頂面で女子社員不人気ナンバーワンの禿げオヤジが一体何の用だろう？　不審に思いながら応接室のフカフカのソファに腰かけると、すぐに部長が入ってきて横に腰かけるや否や、

「他でもない、話というのはこれなんだが……」

と言って、突然スマホを差し出してきた。

「ああっ⁉」

そこに映し出されたのは、間違いなく私と井出くんのアノ最中の画像。全部で十枚近くもある！

「いや、昨夜ね、忘れ物して社に戻ってきたら、とんでもない光景を目にしてね。思わず撮っちゃったのよ」

……あのピカッは稲光じゃなく、スマホカメラのフラッシュだったんだ！　まさか一部始終を見られていたとは……！

「どうしようかなぁ～、この写真……」

明らかににそれは脅しだった。私が井出くんを脅したように……だから、答えはわかっている。私は隣りに座っている部長の股間に手を当てゆっくりとさすり始めた。

「おっ、さすが。物わかりが……早い……な……ハァ……ハァ……」

チャックを一気に下ろし、下着をまさぐり、部長のやや勃起したペニスを私は一気に咥えた。

「お、おおおお～～～」

部長の歓喜の声が漏れ、私の口の中でそれはどんどん大きく硬くなっていく。

（……す、すごい立派なブツ……）

挿入されたらどんなに気持ちよいだろうと想像するだけで私もヌレヌレ。

「部長、失礼します」

私はすばやくパンティを脱ぎ、部長の股間にまたがった。そそり立ったペニスはヌルリと私の中に入ってきて、

「あああああ～～～イイ～～～」

「ぼ、ぼくも……イイヨォ～……」

いつも気難しい顔をしている部長の顔にえも言われぬ笑みが浮かび、なぜか私は（いわゆる男が感じるような）征服欲に満たされた。そしてブラウスとブラジャーをめくり上げ、両乳で部長の顔を挟み、左右の乳首を交互に口に含ませてあげた。チュウチュウウチュウウ……。

「部長〜〜、もっと吸ってぇ〜〜……感じるぅ〜〜」

悶え喘ぎながら、私は腰を揺する速度を徐々に早めた。私の愛液があとからあとから流れ出てくる、グチュグチュペチョペチョ……いやらしい音が静かな部屋に響き渡る。時折応接室の外を誰かが通り過ぎる気配がするが、それはそれでスリルがあって、余計に感じてしまう。

「あああ〜〜〜」

「イイ……イイヨォ……もっと前後に動いてく……れぇ……」

「こう?」

「あああ〜〜〜」

グチュグチュウ、グチュ……これでもかというほど膨れ上がった部長のペニスが私の膣の中で淫らに上下動する。

「イ……イキます〜〜〜」

「ぼ……ぼくもだ〜〜〜」

「ヒィィィィ〜〜〜〜」

二人同時に果てた。その後のことはあまりよく覚えてないが、どうやらこれからもたびたび部長の言いなりにならなければいけないようだ。

「ま、すごく快感だったし、いっか」

というわけで、週に一度ずつ、部下と上司と取り混ぜて、楽しいセックスライフを送っている私なのです。

夫よ、ゴメン！　決してアナタのことが嫌いなわけじゃないけど、それ以上に私のほうがセックス好きすぎて、どうしようもないのよ！

■背後からは夫にうなじを舐められながら胸を揉まれ、前からは部長にズンズンと……

ある日いきなり強制3Pの快感にさらされて!

投稿者 猪口真麻(仮名)/28歳/公務員

市役所に勤めています。

三年前に、当時直属の上司だった今の夫と結婚し、今はそれぞれ別部署で職務についているのですが、ある金曜日の夜、家で夕食の準備をしていると、夫が何やら神妙な面持ちで話し始めました。

「真麻、明日の土曜なんだけど、A部長を家に招いてもいいかな? そうだな、だいたい夜の九時ぐらい。酒と、簡単でいいから何かつまみを用意してもらって」

「え、そんな遅い時間に? ええ、そりゃまあいいけど……一体何の御用で?」

「うん、まあ……ちょっとな。それじゃあ頼むよ」

私は少し怪訝に思いながらも、なにしろ部長は私たちの仲人までやってくれた人なので、むげにするわけにもいきません。了承しないわけにはいかなかったのです。

翌日の九時半ごろ、夫に連れられて部長がやってきました。

「いやあ、奥さん、すまんねぇ、こんな時間にお邪魔して」

「いえいえ、どうぞお気になさらず。大歓迎ですから」

私は心にもない言葉を返しながら、それからの一時間半ほど、夫の顔を立てるためにもお酌をしたりお追従を言ったり……部長の接待に努めました。

そのうちにもう夜十一時を回りましたが、部長は一向に帰るそぶりを見せず、私は落ち着かない気分になってきました。

（え、どうするの？　部長ったら、まさか泊まるつもり？　いや、さすがにそれは……聞いてないんですけど）

するといい感じでアルコールの回った部長が妙なことを言い出しました。

「それじゃあ、猪口くん、そろそろ今日の本題をお願いしていいかな？」

「あ、は……はい、部長、わかりました」

夫がそう答え、隣りに座った私のほうに向き直りました。

一瞬、きょとんとしている私に、夫は言いました。

「真麻、すまん！　後生だから、これから起こること、全部こらえてくれ！」

そして、いきなり私の体を押さえつけ背後から羽交い絞めにすると、

「さあ、部長、ご存分に……」

と言い、それを受けて部長が舌なめずりしながら、にじり寄ってきたのです。

「ちょ、ちょっとアナタ、これって一体どういう……⁉」

私の詰問の声は、部長の唇によって途切れてしまいました。

「んんっ、んぐ……うぶぅ……っ！」

酒臭い息を発しながら私の顔中を舐め回し、その分厚い舌が唇を割って入り込んできました。私の歯茎の裏から口蓋中まで、気持ちの悪い軟体動物のように這いずり回り、私の舌を捕らえヌメッとからみつくと、ジュルジュル、ズズズ……と、臭い唾液を口中に注ぎ込み、それと私の唾液とが混ざり合い大量の滴りとなって、顎から首筋にかけて流れ落ちていくのです。

「……んぶはぁっ！　う〜ん、やっぱり若い美人妻のツバは美味いなあ、いくらでも飲めちゃうよ。さあ、今度はいよいよこっちのほうを味わわせてもらおうかな」

部長はようやく口を離してそう言い、私はその隙を縫って、なぜ自分がこんなことをされなければいけないのか訴えようと思ったのですが、なんと今度はその唇を夫によって塞がれてしまったのです。

何がなんでも私の発言権は皆無のようで、ひたすら黙っておとなしくしていろと、部長と夫の流れるような連携プレイが明らかに物語っていました。

背後からの夫のキスで、首を半分捻じられるように無理な体勢をさせられている私の白いセーターが、部長の手でまくり上げられました。そして、外の空気に触れて一瞬ヒヤッとした、ブラに覆われた乳房が強い力でがっしりと鷲掴まれ、続いて大きくこね回すように揉みしだかれました。

「んはっ、んぶぅ……ぐふっ、くうううぅぅ……」

指先が乳肉にギリギリと食い込むような痛みに喘いでいると、今度は力任せにブラのカップが上側にずらし上げられ、完全にプルンと乳房を露出されてしまいました。

「おおっ、すばらしいっ、見事なオッパイだ！　どれだけこれをナマで拝みたいと願っていたことか……んんっ、んじゅっ、んじゅぷぅっ……！」

心から嬉しそうに昂ぶった部長の声が聞こえたかと思うと、次の瞬間、胸に生温かくヌメった感触が襲いかかり、例の分厚い舌が乳房全体を舐め回しつつ、乳首にからみついて吸い上げてきました。

すると、どうしたことでしょう？

無理な体勢で唇を塞がれ、強固に背後から羽交い絞めにされているという窮屈さが妙な敏感性を生んでいるのか、気持ちではとんでもなくイヤなのに、意外なまでの快感が押し寄せてきたのです。

「んんぐ、うぶぅ……ううううん……！」

「はぶぅ、んじゅるぅ……おっ！　乳首がピンピンに立ってきたじゃないか！　奥さん、感じてくれてるんだね？　嬉しいよ！　いいぞ、いいぞ！　もっともっと可愛がってあげるからねぇ！」

部長はさらに嬉々とした声をあげ、ますます激しく濃厚にオッパイを舐めしゃぶってきます。時折クニュクニュと乳首を摘まみこねられるものだから、そのキュウッとした刺激とぬめるような感触が相まって、さらに際限なく快感が高まっていってしまうのです。

「んはっ、はぁ、あはぁ……んはっ、あうぶぅ……！」

「う～ん、ほんのり肌がピンク色に上気してきて……早く一番大事なところを可愛がってほしくてたまらなくなってきたんじゃないの？　よしよし、さあほら、猪口くん、今の奥さんの様子じゃあ、もう余計なことを口走る余裕もないだろうから、唇を離してあげていいよ。代わりに、オッパイをいっぱい揉んであげて。ふふふ、その間に私は……と！」

そう言うと、部長は私の下半身を剝きにかかりました。スカートを脱がし、パンストとその下の下着もあっという間に剝ぎ取られてしまいました。そして両脚を持たれてグイと左右に広げられると、ぱっくりと開いたアソコをじっと見つめられて……。

「はぁ～っ……なるほど、肌はこんなに白くてきれいなのに、こっちは赤黒くてそれなりに渋い色味になってるねぇ。うん、いいよ、いいよ！　それでこそ人妻ってものだ。適度に熟してないとね！」

などと恥ずかしくなるような勝手なことを言いながら、ニュプリ……と、鼻先を陰部に押しつけてきました。

「ひ、ひあう……！」

部長が言ったとおり、蕩ける性感のままにすっかり何も言う気の失せてしまった私は、瞬時に喜悦の声をあげてしまいました。さらに分厚い舌が妖しくのたくって内部に入り込み、ニュルニュルと濡れた肉襞を掻き混ぜ、膣の奥まで掘りえぐるようにしてくると、それはもうとてつもなく気持ちよくて……！

「ああ、真麻、ごめんな……こんなことになってしまって。でも、こうしないと俺の人生、もう破滅なんだ。頼む、助けてくれ……」

何やら夫が言いながら背後から胸を揉みしだいてきて、私はといえばそんな言葉は全然頭に入ってはこず、生まれて初めて男二人から同時に愛される鮮烈な刺激に満ちた快感に、ただひたすら悶え喘ぐのみでした。

「んああっ、はぁっ、あん、あっ、あはぁっ……」

「んんっ、んぶっ、うじゅるぅ……す、すごい大洪水だ！　奥さん、私もたまらなくなってきたよ〜〜〜っ！」

部長は私のアソコから唇を引き離すようにしておもむろに立ち上がると、ズボンを脱いで自らの男性器を露わにしました。それは恐ろしいくらいに雄々しく巨大に立ち上がり、口にねじ込まれてきたとき、私はあまりの苦しさに一瞬苦悶に喘ぎましたが、必死で舐めしゃぶっているうちにだんだんと平気になっていきました。そしてむしろ、自分から率先して、その昂ぶりを味わうようにさえなったのです。

「ああ、いいよ、いい舌遣いだ……ほら、猪口くん、奥さんが私のをしゃぶってる間、君はちゃんとオッパイとアソコを手で責めてあげるんだよ！　ね、奥さん、ほら、そうされながらしゃぶるのも、いいもんだろ？」

「んはうぅ……は、はい、と、とっても……いいですぅ……んぶっ」

そうやってしばらく愛し愛されたあと、いよいよ部長が身を屈め、完璧にいきり立った男性器を私の陰部に突き入れてきました。

「はぁ、はぁ、はぁ、奥さん……ああっ、き、きつい！」

「ん、んあっ……あひっ、ああん、あああああっ！」

背後からは夫にうなじを舐められながら胸を揉まれ、前からは部長にズンズンと突かれ……その禁断のサンドイッチ攻撃に、私の快感度数はもううなぎ昇り！　ドクドクと部長の精の奔流を受け入れながら、失神寸前の絶頂の果てに連れていかれてしまっていたのでした。

部長が満足して帰ったあと、ようやく夫がすべての事情を話してくれました。

市内の土木事業の差配を担当している夫ですが、とある業者と癒着して賄賂を受け取っていた事実を部長に知られてしまったとのことでした。そのことが公になれば、夫は間違いなく受託収賄罪に問われることになったでしょう。それがいやなら……と、前から私に密かに横恋慕していた部長から、交換条件として今夜のことを提示されたというのです。

「それも全部、早くおまえにマイホームを買ってやりたくて……」

いや、そんな勝手に恩着せがましく言われてもなあ、と少し鼻白んだ私でしたが、離婚することは勘弁してあげることにしました。

それよりも、いきなり味わわされた強制3Pのこの衝撃的快感を、一体いつ忘れられるのだろう、と心配している私がいたのです。

人妻手記
奥さんたちのHな営業報告
～秘密の働き方改革

２０１９年２月４日　初版第一刷発行

発行人　後藤明信
発行所　株式会社　竹書房
〒102-0072　東京都千代田区飯田橋2-7-3
電話　03-3264-1576（代表）
03-3234-6301（編集）
ホームページ：http://www.takeshobo.co.jp
印刷所　中央精版印刷株式会社
デザイン　株式会社　明昌堂

定価はカバーに表示してあります。
乱丁・落丁の場合は小社までお問い合わせください。
ISBN 978-4-8019-1739-2 C0193
Printed in Japan

※本書に登場する人名・地名等はすべて架空のものです。